サイレント・コア ガイドブック

兵器篇

著／大石英司
Eiji Oishi

画／安田忠幸
Tadayuki Yasuda

C★NOVELS

地図・本文デザイン　平面惑星

目次

Introduction

大石英司の大人気架空戦記
〈サイレント・コア〉シリーズ。
1988年発売の『戦略原潜浮上せず』から、
最新『アメリカ陥落』シリーズまで、
物語に登場する陸海空の兵器、
個人装備の武器の数々を
安田忠幸による精密なイラストで完全掲載！
隊員装備や隊舎の図解、書き下ろし小説、
近刊シリーズの戦闘地域がわかる地図も収録。
〈サイレント・コア〉ファン必携、
永久保存版の一冊です。

サイレント・コア
ガイドブック

兵器篇

〈サイレント・コア〉
隊員装備＆隊舎ガイド

表向きは第１空挺団・第403本部管理中隊として

活躍する、特殊部隊〈サイレント・コア〉。

主要登場人物たちの装備を紹介します。

番外篇として、『台湾侵攻』に登場した台湾軍兵士、

中国人民解放軍〈蛟竜突撃隊〉、独立愚連隊の装備も。

第403本部中隊隊舎も詳しく図解します！

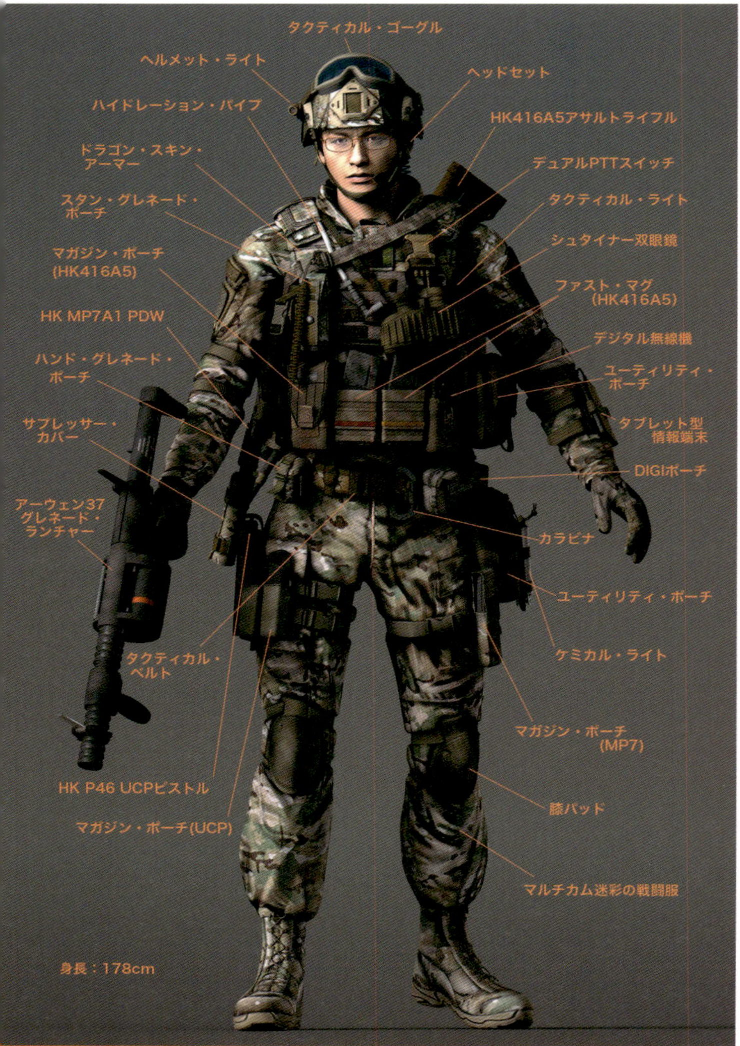
タクティカル・ゴーグル
ヘルメット・ライト
ヘッドセット
ハイドレーション・パイプ
HK416A5アサルトライフル
ドラゴン・スキン・アーマー
デュアルPTTスイッチ
スタン・グレネード・ポーチ
タクティカル・ライト
シュタイナー双眼鏡
マガジン・ポーチ(HK416A5)
ファスト・マグ(HK416A5)
HK MP7A1 PDW
デジタル無線機
ハンド・グレネード・ポーチ
ユーティリティ・ポーチ
サプレッサー・カバー
タブレット型情報端末
DIGIポーチ
アーウェン37グレネード・ランチャー
カラビナ
ユーティリティ・ポーチ
タクティカル・ベルト
ケミカル・ライト
マガジン・ポーチ(MP7)
HK P46 UCPピストル
膝パッド
マガジン・ポーチ(UCP)
マルチカム迷彩の戦闘服
身長：178cm

土《ど》門《もん》康《こう》平《へい》 陸将補の装備

司《し》馬《ば》光《ひかる》　一等陸佐の装備

ヘルメット・ライト
IRストロボフラッシュ
ヘッドセット
ドラゴン・スキン・アーマー
シェル・ホルダー・ベルト（M3）
ハイドレーション・パイプ
デュアルPTTスイッチ
シェル・ホルダー
タブレット型情報端末
肘パッド
Benelli M3 Super90
デジタル無線機
HK MP7A1 PDW
スモーク・グレネード・ポーチ
スタン・グレネード・
ポーチ
四眼暗視ゴーグル・ポーチ
ユーティリティ・ポーチ
マガジン・ポーチ（MP7）
マガジン・ポーチ（UCP）
バヨネット
ハンド・グレネード・ポーチ
マグ・ダンプ・ポーチ
カラビナ
DIGIポーチ
HK P46 UCPピストル
ケミカル・ライト
ユーティリティ・ポーチ
タクティカル・ライト
膝パッド
身長：167cm
マルチカム迷彩の戦闘服

姜《かん》彩《あや》夏《か》 二等陸佐の装備

IRストロボフラッシュ
ヘルメット・ライト
ハイドレーション・パイプ
ドラゴン・スキン・アーマー
オーガナイザー・ポーチ
HK MP7A1 PDW
マガジン・ポーチ
(SIG556)
ファスト・マグ
(SIG556)
ファースト・エイド・ポーチ
ハンド・グレネード・ポーチ
HK P46 UCPピストル
カラビナ
マガジン・ポーチ（UCP）
身長：178cm
ヘッドセット
SIG556アサルトライフル
デジタル無線機
デュアルPTTスイッチ
マガジン・ポーチ（MP7）
肘パッド
タブレット型情報端末
ユーティリティ・ポーチ
DIGIポーチ
ユーティリティ・ポーチ
ケミカル・ライト
マガジン・ポーチ（MP7）
膝パッド
マルチカム迷彩の戦闘服

原《はら》田《だ》拓《たく》海《み》　三等陸佐の装備

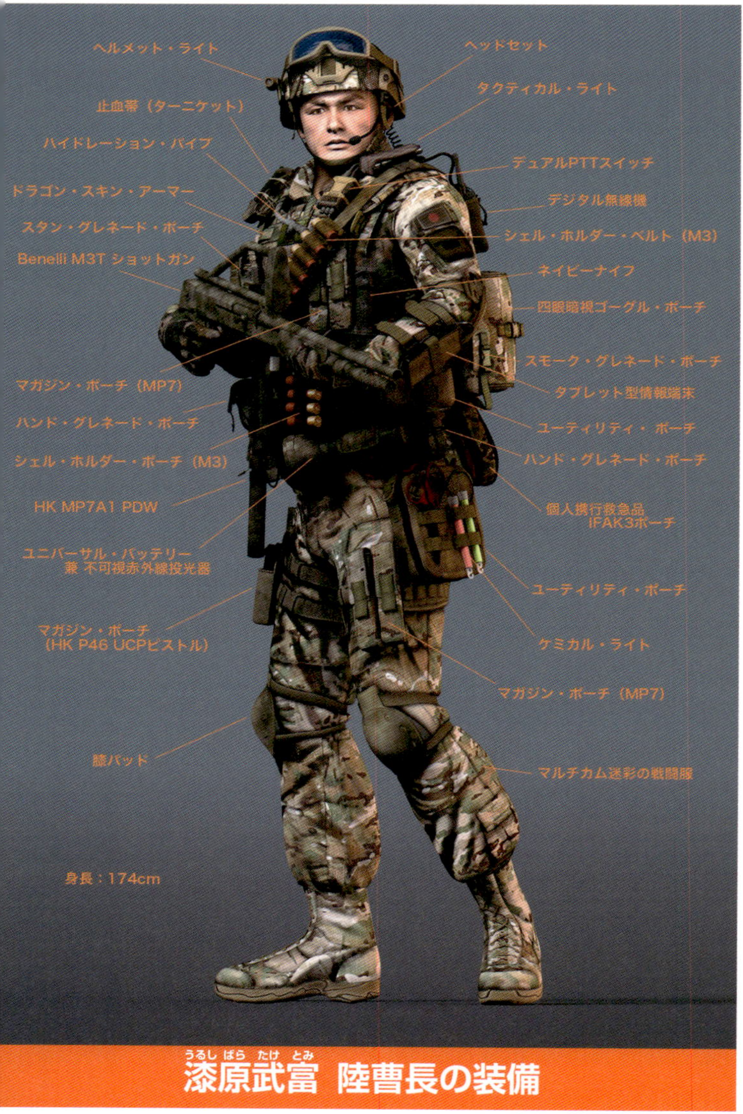

ヘルメット・ライト
止血帯（ターニケット）
ハイドレーション・パイプ
ドラゴン・スキン・アーマー
スタン・グレネード・ポーチ
Benelli M3T ショットガン
マガジン・ポーチ（MP7）
ハンド・グレネード・ポーチ
シェル・ホルダー・ポーチ（M3）
HK MP7A1 PDW
ユニバーサル・バッテリー
兼 不可視赤外線投光器
マガジン・ポーチ
（HK P46 UCPピストル）
膝パッド
身長：174cm
ヘッドセット
タクティカル・ライト
デュアルPTTスイッチ
デジタル無線機
シェル・ホルダー・ベルト（M3）
ネイビーナイフ
四眼暗視ゴーグル・ポーチ
スモーク・グレネード・ポーチ
タブレット型情報端末
ユーティリティ・ポーチ
ハンド・グレネード・ポーチ
個人携行救急品
IFAK3ポーチ
ユーティリティ・ポーチ
ケミカル・ライト
マガジン・ポーチ（MP7）
マルチカム迷彩の戦闘服

漆《うるし》原《ばら》武《たけ》富《とみ》 陸曹長の装備

止血帯（ターニケット）
ヘッドセット
ドラゴン・スキン・アーマー
デュアルPTTスイッチ
ハイドレーション・パイプ
デジタル無線機
スタン・グレネード・ポーチ
オーガナイザー・ポーチ
シェル・ホルダー・
ポーチ（M3）
暗視双眼鏡
ユーティリティ・ポーチ
タブレット型情報端末
HK MP7A 1PDW
PROTREKの
リスト・ウォッチ
マガジン・ポーチ（MP7）
ハンド・グレネード・ポーチ
Benelli M3 Super90
バッテリーパック
シェル・ホルダー
IRストロボフラッシュ
ヘルメット
HK P46 UCPピストル
デジタル・ポーチ
ネイビーナイフ
マガジン・ポーチ（MP7）
膝パッド
マルチカム迷彩の戦闘服
身長：179cm

畑《はたけ》友《とも》之《ゆき》　陸曹長の装備

甘《あま》利《り》宏《ひろし》　一等陸曹の装備

ゴーグル
ヘルメット・ライト
ヘッドセット
止血帯（ターニケット）
ブレード・アンテナ
GPSモジュール
ブレード・アンテナ
デジタル無線機
オーガナイザー・ポーチ
パッド型情報端末・ポーチ
デュアルPTTスイッチ
タブレット型情報端末
バッテリー、ハブ・ポーチ
デジタル無線機
システム制御装置・ポーチ
ユーティリティ・ポーチ
ファスト・マグ
(HK416A5)
パッド型情報端末
(UAVコントローラー)
HK MP7A1 PDW
ハンド・グレネード・ポーチ
ピストル・ホルスター
ユーティリティ・ポーチ
マガジン・ポーチ（MP7）
スカイレンジャーUAV
膝パッド
マルチカム迷彩の戦闘服
身長：175cm

井《い》伊《い》翔《かける》 一等陸曹の装備

ゴーグル
ヘルメット・ライト
ヘッドセット
止血帯（ターニケット）
デュアルPTTスイッチ
ドラゴン・スキン・アーマー
オーガナイザー・ポーチ
ハイドレーション・パイプ
スタン・グレネード・ポーチ
デジタル無線機
タブレット型情報端末
ユーティリティ・ポーチ
MINIMI MK46 MOD1
スモーク・グレネード・ポーチ
HK MP7A1 PDW
ドラム・マガジン・ポーチ（MINIMI）
ハンド・グレネード・ポーチ
サプレッサー・カバー
ユーティリティ・ポーチ
HK P46 UCPピストル
マガジン・ポーチ（MP7）
タクティカル・ナイフ
膝パッド
マルチカム迷彩の戦闘服
身長：177cm

大《おお》城《しろ》雅《まさ》彦《ひこ》　一等陸曹の装備

ブッシュハット
ヘルメット
ヘッドセット
止血帯（ターニケット）
ネイビーナイフ
ドラゴン・スキン・アーマー
デュアルPTTスイッチ
階級章
ハイドレーション・パイプ
オーガナイザー・ポーチ
スタン・グレネード・ポーチ
デジタル無線機
シュタイナー双眼鏡
ファスト・マグ（HK416）
マグライト・ポーチ
肘パッド
ユーティリティ・ポーチ
ユーティリティ・ポーチ
タブレット型情報端末
HK MP7A1 PDW
PROTREKの
リスト・ウォッチ
ファスト・マグ（MP7）
カラビナ
ハンド・グレネード・ポーチ
ユーティリティ・
ポーチ
HK P46 UCPピストル
HK416A5
アサルトライフル
マガジン・ポーチ（UCP）
膝パッド
マガジン・ポーチ（MP7）
タクティカル・ブーツナイフ
マルチカム迷彩の戦闘服
身長：177cm

高《たか》山《やま》健《けん》　一等陸曹の装備

ゴーグルカバー
ヘルメット・ライト
ハイドレーション・パイプ
止血帯（ターニケット）
ドラゴン・スキン・アーマー
スタン・グレネード・ポーチ
HK MP7A1 PDW
マガジン・ポーチ（MP7）
信号弾ピストル
M32グレネード・ランチャー
弾帯ベルト
（照明弾等の各種グレネード弾）
HK P46 UCPピストル
タクティカル・ナイフ
身長：170cm
IRストロボフラッシュ
ヘッドセット
デジタル無線機
デュアルPTTスイッチ
赤外線フラッシュ・ライト
コードネーム・パッチ
グレネード弾ホルダー・ポーチ
（多目的榴弾）
ユーティリティ・ポーチ
タブレット型情報端末
DIGIポーチ
カラビナ
ユーティリティ・ポーチ
ケミカル・ライト
タクティカル・ライト
マガジン・ポーチ（MP7）
膝パッド
マルチカム迷彩の戦闘服

福《ふく》留《とめ》弾《だん》　一等陸曹の装備

待《まち》田《だ》晴《はる》郎《お》　一等陸曹の装備

水《みず》野《の》智《とも》雄《お》　一等陸曹の装備

IRストロボ・フラッシュ
ゴーグル
ヘッドセット
ヘルメット・ライト
止血帯（ターニケット）
MINIMIの交換用バレル
ハイドレーション・パイプ
ブレード・アンテナ
デュアルPTTスイッチ
ドラゴン・スキン・アーマー
デジタル無線機
オーガナイザー・ポーチ
スタン・グレネード・ポーチ
タブレット型情報端末
HK MP7A1 PDW
バック・パック
タクティカル・ライト
ドラム・マガジン・ポーチ（MINIMI）
ドラム・マガジン・ポーチ（MINIMI）
ケミカル・ライト
スモーク・グレネード・ポーチ
タクティカル・ナイフ
ユーティリティー・ポーチ
カラビナ
ハンド・グレネード・ポーチ
HK P46 UCPピストル
IFAK3ポーチ
ジップ・タイ
マガジン・ポーチ（UCP）
ランヤード
サプレッサー・ポーチ（MP7）
マガジン・ポーチ（MP7）
MINIMI MK46 MOD1
サプレッサー・カバー
身長：179cm

姉《あね》小《こう》路《じ》実《さね》篤《あつ》　二等陸曹の装備

IRストロボフラッシュ
暗視ゴーグル・マウント
ヘルメット・ライト
ヘッドセット
サプレッサー・カバー
ドラゴン・スキン・アーマー
ハイドレーション・パイプ
AMP DSR1狙撃銃
HK MP7A1 PDW
デジタル無線機
オーガナイザー・ポーチ
デュアルPTTスイッチ
マガジン・ポーチ（MP7）
スタン・グレネード・ポーチ
肘パッド
タブレット型情報端末
マガジン・ポーチ（DSR1）
ハンド・グレネード・ポーチ
ユーティリティ・ポーチ
纏められたギリースーツ
ピストル・ランヤードコード
DIGIポーチ
サプレッサー・カバー
ケミカル・ライト
カラビナ
ユーティリティ・ポーチ
SIG 22口径モスキート・オートマチック
タクティカル・ライト
プレート・キャリアー
マガジン・ポーチ（MP7）
モスキート用のサプレッサー・ポーチ
マガジン・ポーチ（モスキート）
膝パッド
身長：179cm
マルチカム迷彩の戦闘服

田《た》口《ぐち》芯《しん》太《た》 二等陸曹の装備

AMP DSR1狙撃銃
IRストロボフラッシュ
ヘルメットレール
暗視ゴーグル・バッテリー
サプレッサー・カバー
HK MP7A1 PDW
血液型パッチ
部隊章パッチ
四眼暗視ゴーグル
・ポーチ
ハイドレーションパック
DSR1用サプレッサー・ポーチ
タブレット型
情報端末
纏められたギリースーツ
ユーティリティ
・ポーチ
サプレッサー・カバー
スモーク・グレネード
・ポーチ
ケミカルライトの束
SIG 22口径 モスキート
MP7用
サプレッサー・ポーチ
マグ・ダンプ・ポーチ
モスキート用の
サプレッサー・ポーチ

田口芯太 二等陸曹の装備2

ゴーグル
ヘルメット・ライト
ヘッドセット
止血帯（ターニケット）
スカイレンジャーUAV
キャリーケース
ハイドレーション・パイプ
ハンド・グレネード・ポーチ
デュアルPTTスイッチ
オーガナイザー・ポーチ
タブレット型情報端末
HK416A5
アサルトライフル
スタン・グレネード・ポーチ
デジタル無線機
ファスト・マグ
（HK416A5）
HK MP7A1 PDW
HK P46 UCPピストル
スカイレンジャーUAV
ユーティリティ・ポーチ
マガジン・ポーチ（MP7）
膝パッド
マルチカム迷彩の戦闘服
身長：177cm

西《にし》川《かわ》新《しん》介《すけ》 二等陸曹の装備

ワッチキャップ
ヘッドセット
ハイドレーション・パイプ
ヘルメット
デュアルPTTスイッチ
ドラゴン・スキン・アーマー
HK416A5
アサルトライフル
スイッチブレード
デジタル無線機
ネイビーナイフ
オーガナイザー・ポーチ
HK MP7A1 PDW
タブレット型情報端末
止血帯（ターニケット）
ユーティリティー・ポーチ
ファスト・マグ（MP7）
ファスト・マグ（MP7）
ファスト・マグ（HK416）
ハンド・グレネード・ポーチ
カラビナ
ダクトテープ
ユーティリティー・ポーチ
ケミカル・ライト
HK
P46 UCPピストル
マガジン・ポーチ（MP7）
身長：173cm

御《み》堂《どう》走《そう》馬《ま》　二等陸曹の装備

赤《あか》羽《ばね》拓《たく》真《ま》　三等陸曹の装備

吾《あ》妻《づま》大《だい》樹《き》　三等陸曹の装備

シギント収集の傍受アンテナ
ヘルメット・ライト
ヘッドセット
GPSモジュール
デュアルPTTスイッチ
ハイドレーション・パイプ
デジタル無線機
ブレード・アンテナ
7インチ タフパッド
JTWS仕様の
バックパック
タブレット型情報端末
ファスト・マグ（MP7）
デジタル無線機
ファスト・マグ（HK416）
パワー・マネージャー
HK416A5
アサルトライフル
HK MP7A1 PDW
ユーティリティー・ポーチ
HK P46 UCPピストル
ケミカル・ライト
SWIRレーザー・ポインター
タクティカル・ナイフ
身長：176cm

阿《あ》比《び》留《る》憲《あきら》　三等陸曹のシギント装備

IRストロボ・フラッシュ
ヘルメット・ライト
ヘッドセット
止血帯（ターニケット）
HK416A5 アサルトライフル
ドラゴン・スキン・アーマー
デュアルPTTスイッチ
ケミカル・ライト
タクティカル・ライト・ホルダー
レーザー・レンジ・ファインダー
デジタル無線機
オーガナイザー・ポーチ
HK MP7A1 PDW
ユーティリティー・ポーチ
タブレット型情報端末
ファスト・マグ（HK416）
M224 60mm 迫撃砲
迫撃砲弾ケースバッグ
HK P46 UCPピストル
ファスト・マグ（MP7）
身長：173cm

小《お》田《だ》桐《ぎり》将《しょう》　三等陸曹の装備

川《かわ》西《にし》雅《まさ》文《ふみ》　三等陸曹のHALO装備

由《ゆ》良《ら》慎《しん》司《じ》 三等陸曹の装備

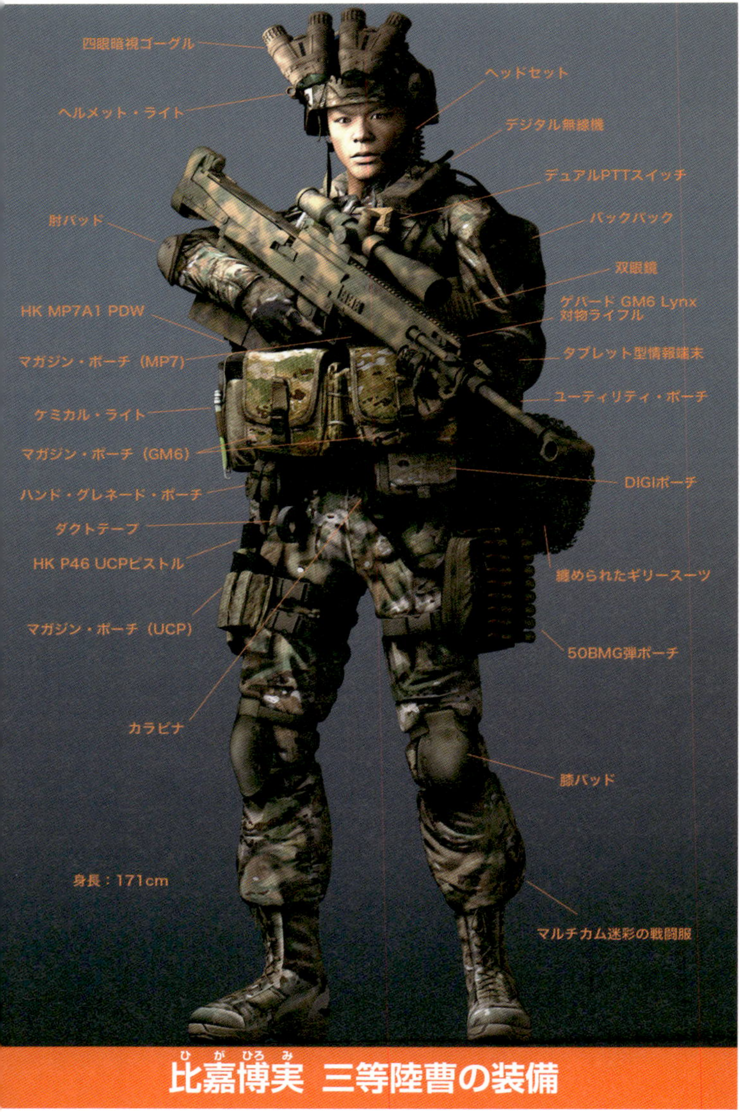

比《ひ》嘉《が》博《ひろ》実《み》　三等陸曹の装備

音《おと》無《なし》誠《せい》治《じ》 元・二等陸佐の装備

各務《かがみ》成文《しげふみ》　三等陸曹

駒鳥《こまとり》綾《あや》　三等陸曹

花輪《はなわ》美麗《びれい》　三等陸曹

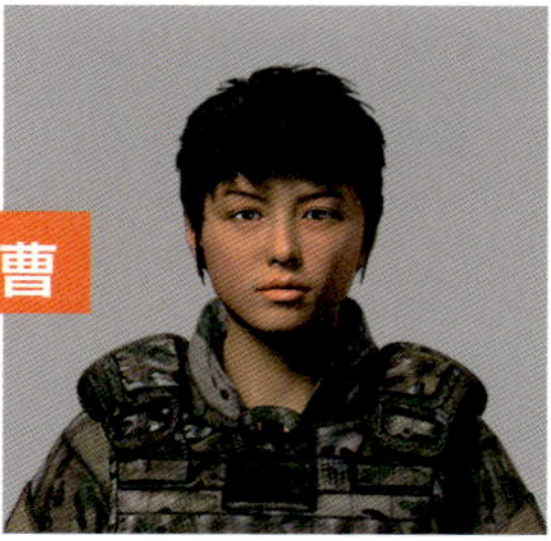

峰《みね》沙《さ》也《や》加《か》　三等陸曹

瀬島《せじま》果耶《かや》　陸士長

イラスト初公開！

〈サイレント・コア〉新入隊員たち

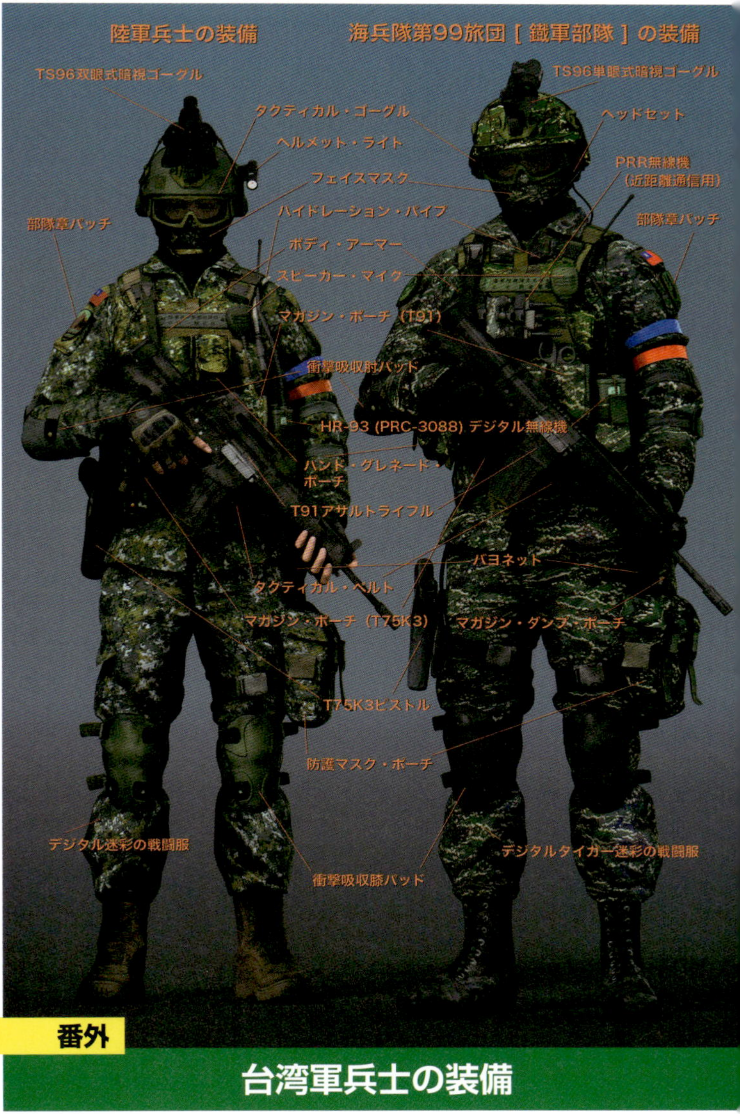
陸軍兵士の装備
海兵隊第99旅団[鐵軍部隊]の装備
TS96双眼式暗視ゴーグル
タクティカル・ゴーグル
ヘルメット・ライト
フェイスマスク
部隊章パッチ
ハイドレーション・パイプ
ボディ・アーマー
スピーカー・マイク
マガジン・ポーチ（T91）
衝撃吸収肘パッド
HR-93 (PRC-3088) デジタル無線機
ハンド・グレネード・ポーチ
T91アサルトライフル
タクティカル・ベルト
マガジン・ポーチ（T75K3）
T75K3ピストル
防護マスク・ポーチ
デジタル迷彩の戦闘服
衝撃吸収膝パッド
TS96単眼式暗視ゴーグル
ヘッドセット
PRR無線機
（近距離通信用）
部隊章パッチ
バヨネット
マガジン・ダンプ・ポーチ
デジタルタイガー迷彩の戦闘服

番外

台湾軍兵士の装備

番外

中国人民解放軍[蛟竜突撃隊]兵士の装備

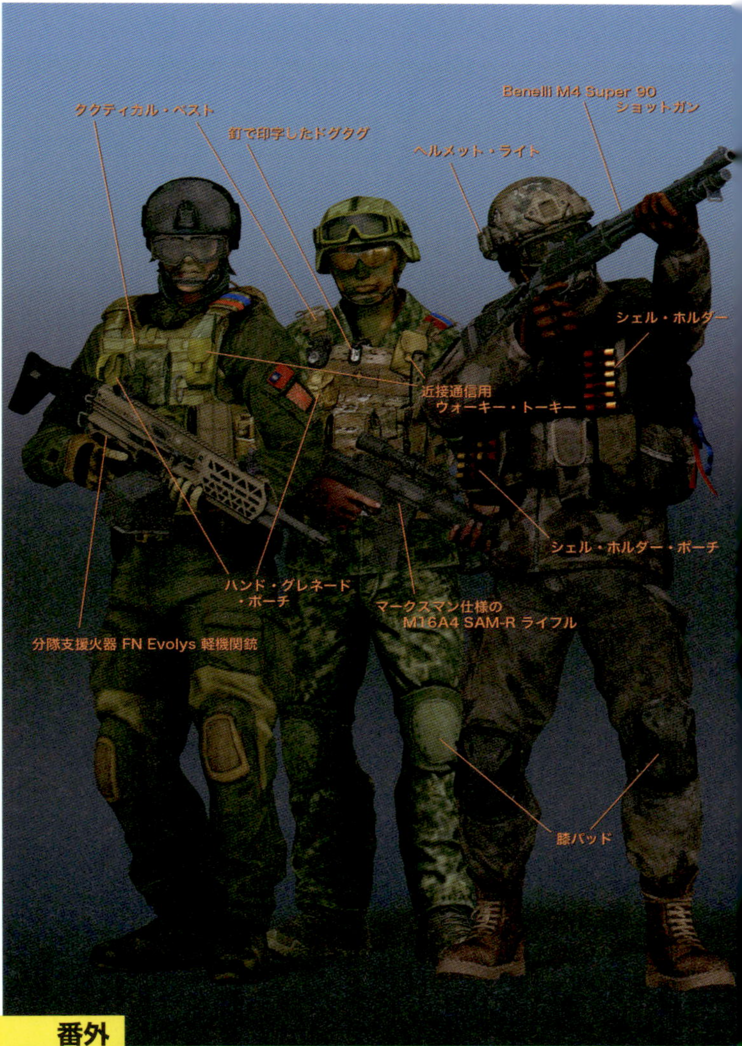
タクティカル・ベスト
釘で印字したドグタグ
ヘルメット・ライト
Benelli M4 Super 90
ショットガン
シェル・ホルダー
近接通信用
ウォーキー・トーキー
シェル・ホルダー・ポーチ
ハンド・グレネード
・ポーチ
マークスマン仕様の
M16A4 SAM-R ライフル
分隊支援火器 FN Evolys 軽機関銃
膝パッド

番外

独立愚連隊の装備

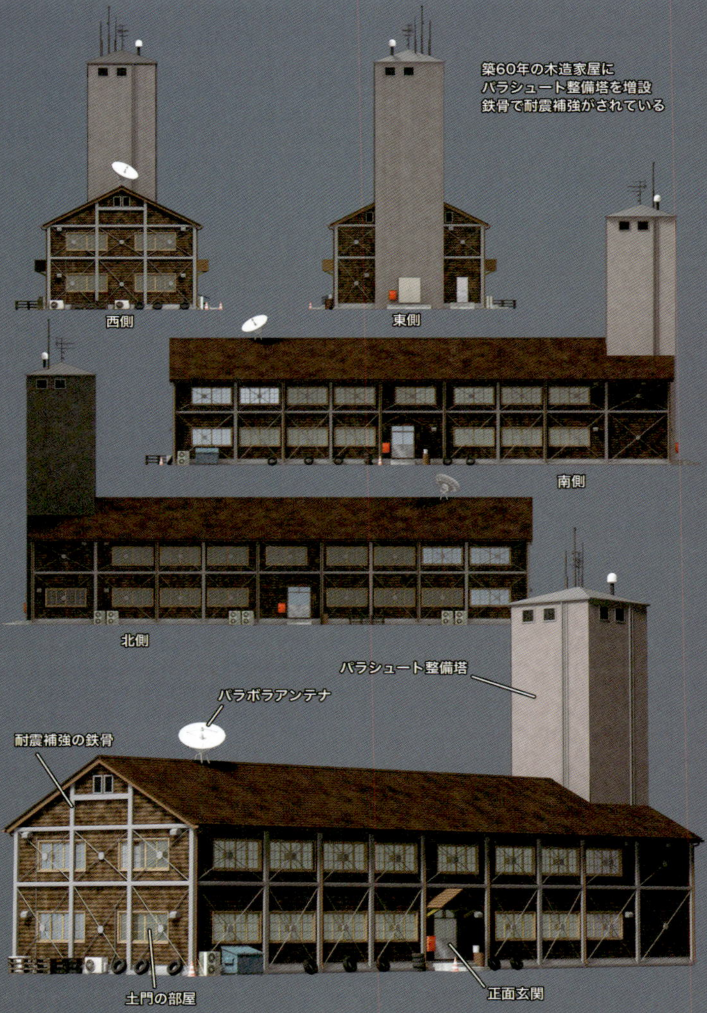

陸上自衛隊 第1空挺団・第403本部中隊
特殊部隊〈サイレント・コア〉の隊舎　外観

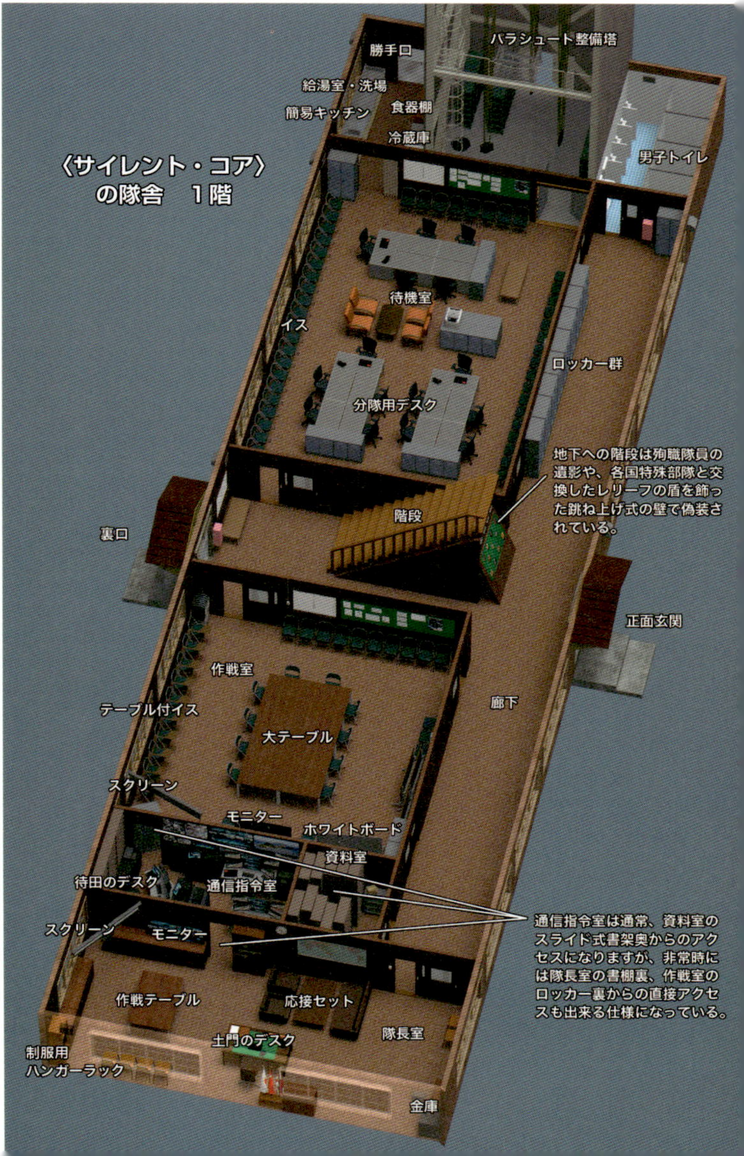
〈サイレント・コア〉
の隊舎　1階
パラシュート整備塔
勝手口
給湯室・洗場
簡易キッチン
食器棚
冷蔵庫
男子トイレ
待機室
イス
ロッカー群
分隊用デスク
地下への階段は殉職隊員の遺影や、各国特殊部隊と交換したレリーフの盾を飾った跳ね上げ式の壁で偽装されている。
階段
裏口
正面玄関
作戦室
テーブル付イス
大テーブル
廊下
スクリーン
モニター
ホワイトボード
資料室
待田のデスク
通信指令室
通信指令室は通常、資料室のスライド式書架奥からのアクセスになりますが、非常時には隊長室の書棚裏、作戦室のロッカー裏からの直接アクセスも出来る仕様になっている。
スクリーン
モニター
作戦テーブル
応接セット
隊長室
土門のデスク
制服用
ハンガーラック
金庫

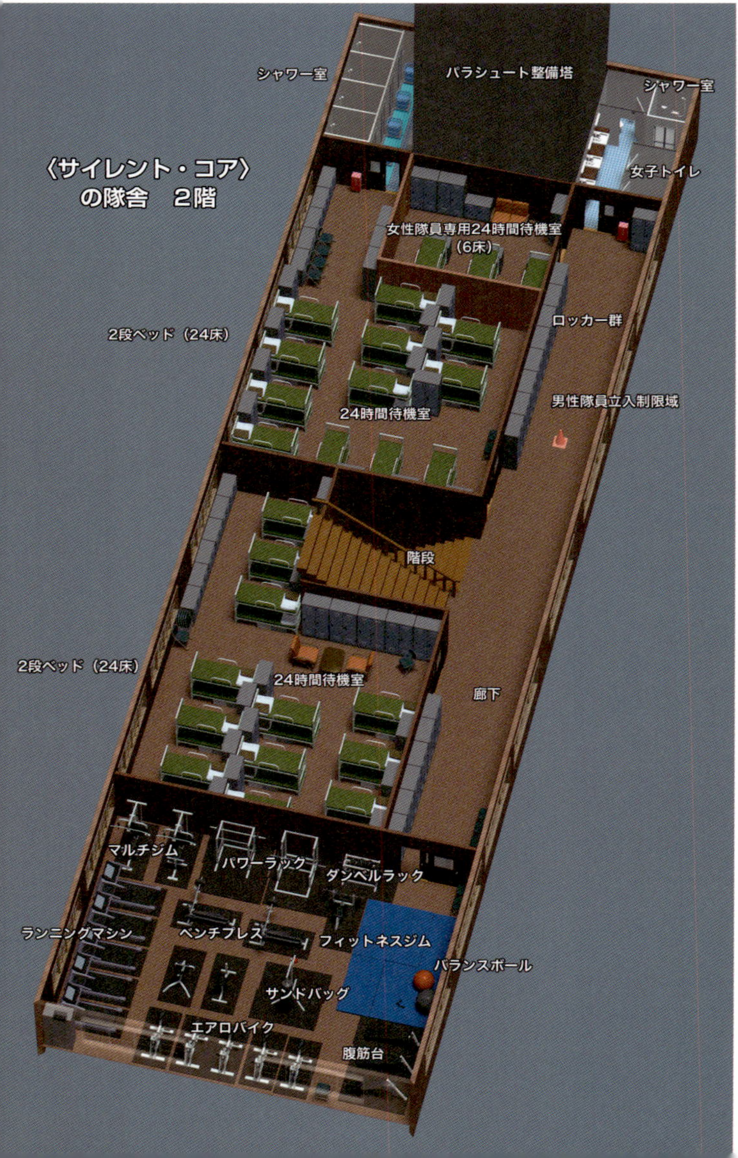
〈サイレント・コア〉
の隊舎　2階
シャワー室
パラシュート整備塔
シャワー室
女子トイレ
女性隊員専用24時間待機室
（6床）
ロッカー群
2段ベッド（24床）
男性隊員立入制限域
24時間待機室
階段
2段ベッド（24床）
24時間待機室
廊下
マルチジム
パワーラック
ダンベルラック
ランニングマシン
ベンチプレス
フィットネスジム
バランスボール
サンドバッグ
エアロバイク
腹筋台

〈サイレント・コア〉の隊舎　地下施設

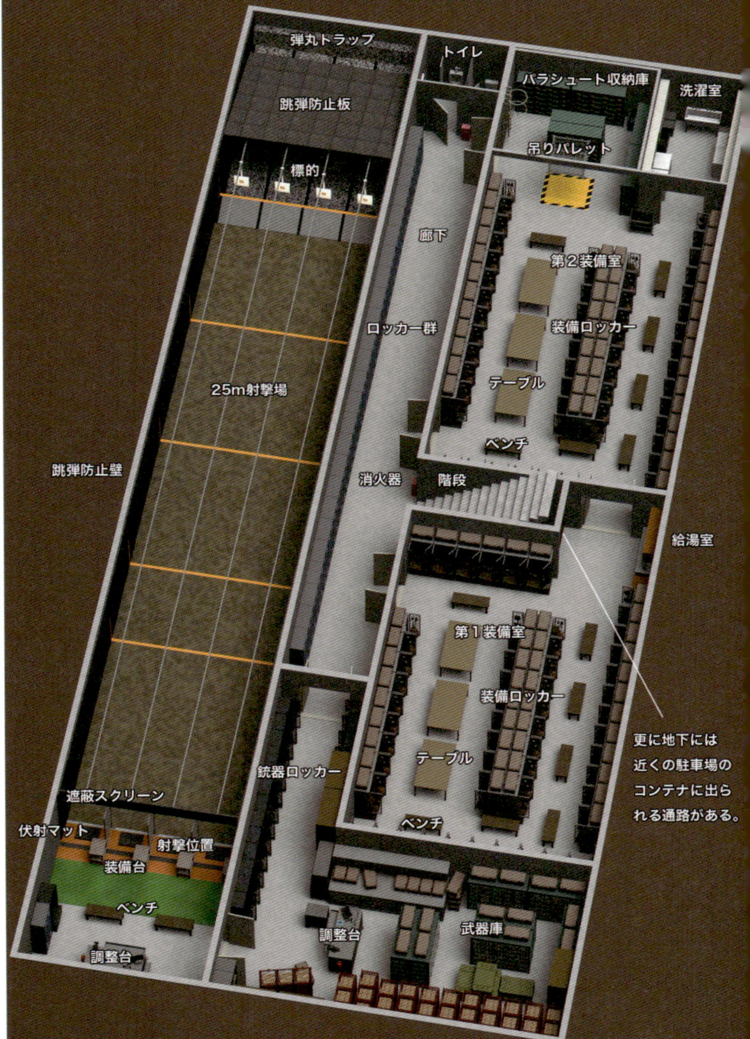

〈サイレント・コア〉の隊舎
パラシュート整備塔＆屋根裏

屋根裏は、パラシュート他、
装備類の乾燥室になっている。

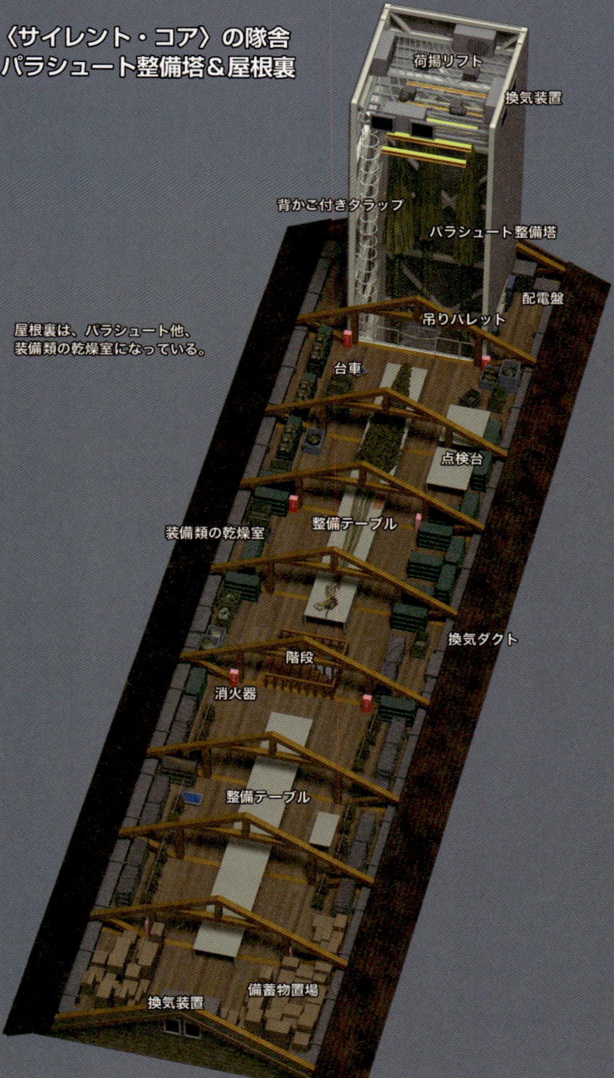

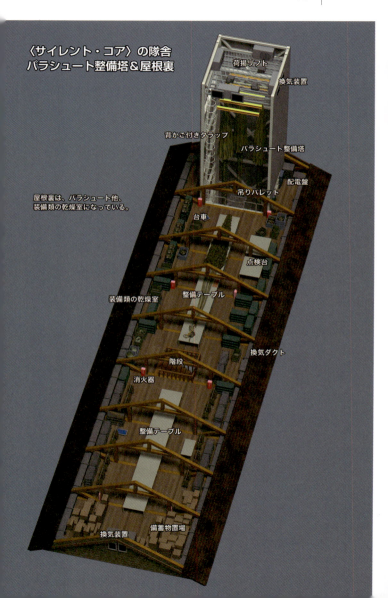

陸上装備一覧

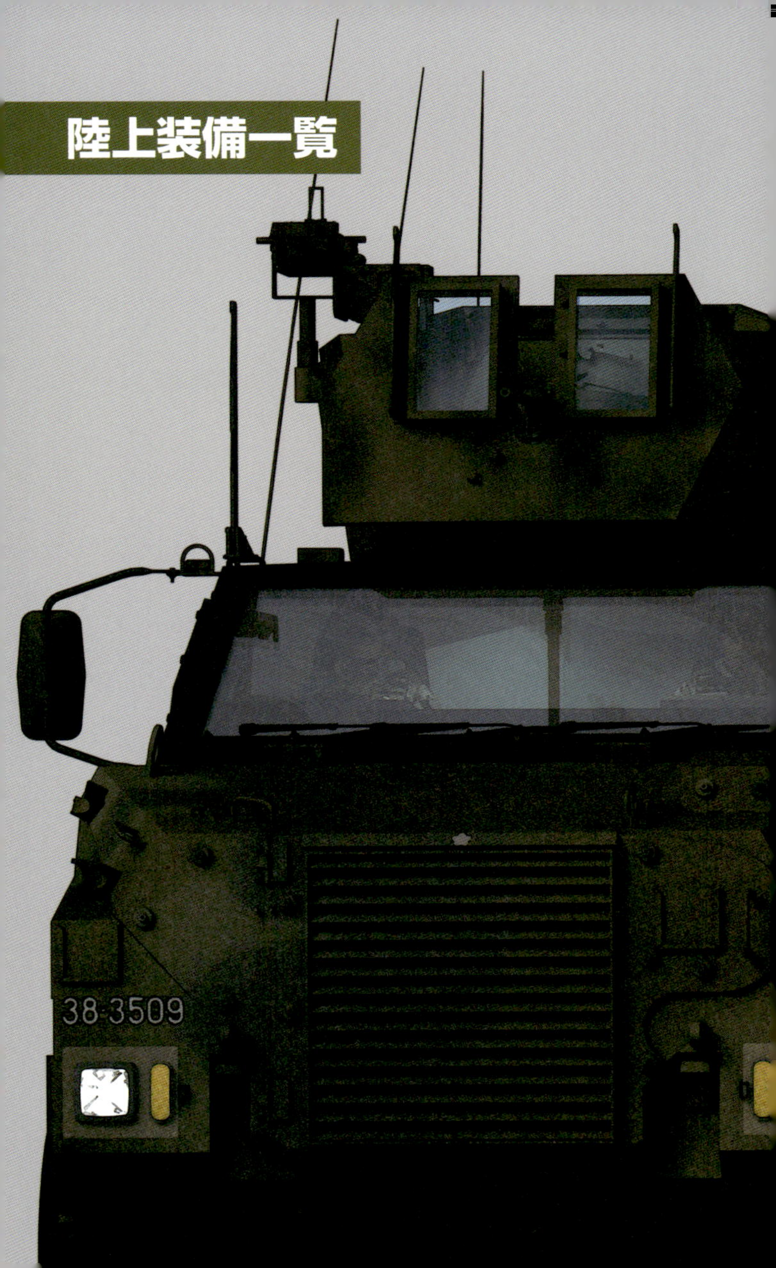

凡例

74 式戦車　Type74 MBT

開発：三菱重工業（日）
全長：9.41m／全幅：3.18m
重量：38t／速度：53km/h
武装:51 口径 105mmライフル砲、7.62mm機関銃、12.7mm重機関銃
乗員：4 名

陸自第 2 世代戦車。姿勢変換のできる油気圧懸架装置を持ち、高低差の激しい日本の国土において優れた機動性を発揮する。

日本　　『第二次太平洋戦争』ほか

スペック

解説

所有国
（※個人装備にはなし）

主なシリーズ登場巻

Ⓕ マークのあるものは架空兵器です。

■陸上自衛隊 軽装甲機動車
全長：4.40m
全幅：2.04m
全高：1.85m
総重量：4,500kg
最高速度：100km/h
行動距離：約500km
乗員数：4名（+1名）
アンテナマスト
後部ラック
発煙弾発射機
ランフラットタイヤ
ブラックアウト・マーカー
ブラックアウト・ライト
フロントルーバー
防楯付き銃架
5.56mm 機関銃 MINIMI
ルーフハッチ
広帯域多目的無線アンテナ
吸気ルーバー
全周旋回ターレット
防弾ガラス
サイドウインドウ
圧延鋼板装甲
ブラックアウト・マーカー
牽引フック

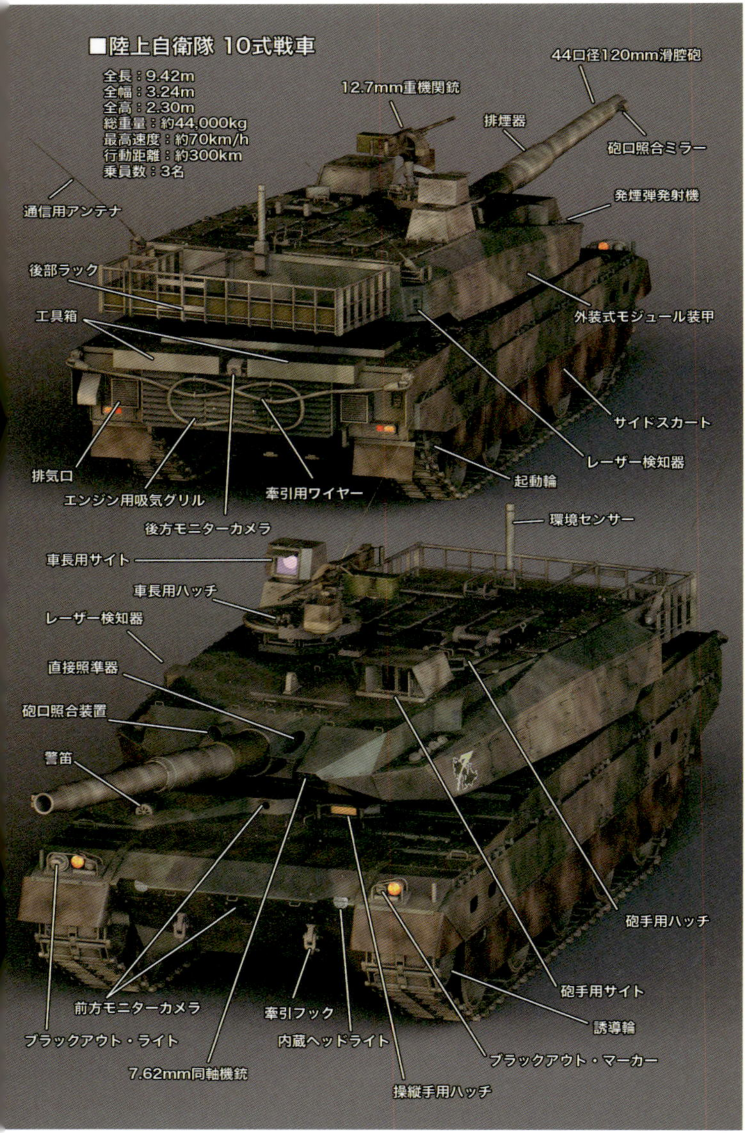
■陸上自衛隊 10式戦車
全長：9.42m
全幅：3.24m
全高：2.30m
総重量：約44,000kg
最高速度：約70km/h
行動距離：約300km
乗員数：3名
12.7mm重機関銃
44口径120mm滑腔砲
排煙器
砲口照合ミラー
通信用アンテナ
発煙弾発射機
後部ラック
外装式モジュール装甲
工具箱
サイドスカート
レーザー検知器
排気口
起動輪
エンジン用吸気グリル
牽引用ワイヤー
後方モニターカメラ
環境センサー
車長用サイト
車長用ハッチ
レーザー検知器
直接照準器
砲口照合装置
警笛
砲手用ハッチ
砲手用サイト
誘導輪
前方モニターカメラ
牽引フック
ブラックアウト・ライト
内蔵ヘッドライト
ブラックアウト・マーカー
7.62mm同軸機銃
操縦手用ハッチ

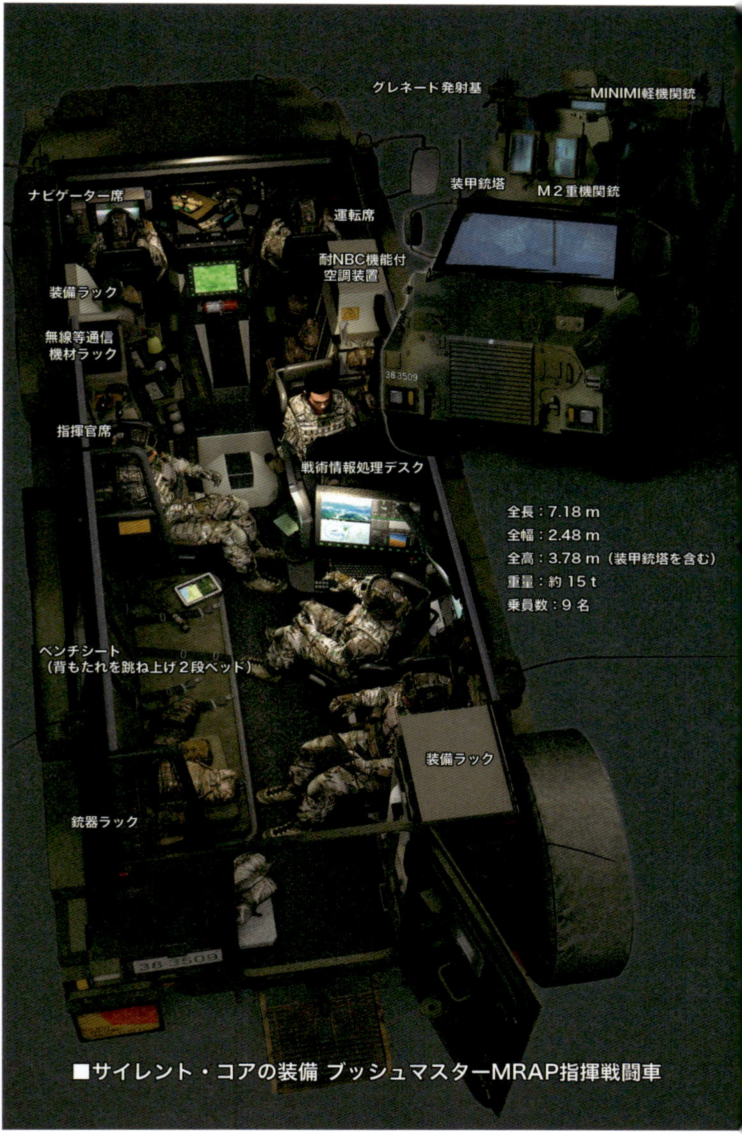

■サイレント・コアの装備 ブッシュマスターMRAP指揮戦闘車

■陸上自衛隊 16式機動戦闘車
全長：8.45m
全幅：2.98m
全高：2.87m
総重量：約26,000kg
最高速度：100km/h以上
乗員数：4名
52口径105mm低反動ライフル砲
排煙器
マズルブレーキ
12.7mm重機関銃
通信用アンテナ
後部ラック
発煙弾発射機
ランフラットタイヤ
外装式モジュール装甲
ブラックアウト・マーカー
弾薬搭載用ハッチ
牽引用ワイヤー
装填手用ハッチ
車長用ハッチ
砲手用サイト
レーザー検知器
直接照準器
7.62mm同軸機銃
操縦手用ハッチ
前方モニターカメラ
車長用サイト
レーザー検知器
排気口
ヘッドライト

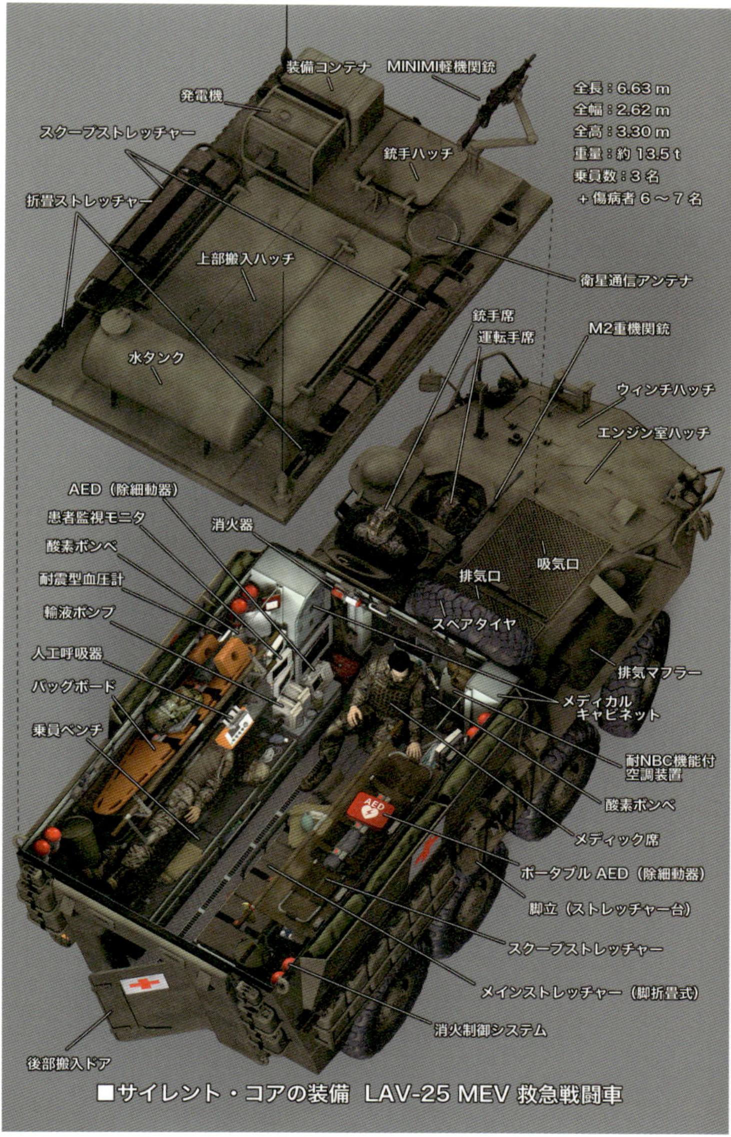

■サイレント・コアの装備　LAV-25 MEV 救急戦闘車

昇降式EOセンサー・マスト
低視認性ソーラーパネル
フェイズド・アレイ・アンテナ（収納時）
暗幕
指揮官専用蚕棚ベッド
キャビネット
ハシゴ
ソファ
ユニバーサル・サポーター
床下から引き出された道板
つっかえ棒になる脚もたたみ
込まれている
指揮官用居室
作戦テーブル
上下三段のモニターラック
間仕切り
低視認性ソーラーパネルが
貼られたウィング・タイプの
サイドパネル
指揮・通信コンソール
サーバー
ユニバーサル・サポーター
ドローン操縦席
ルーフエアコン
簡易ベッド
簡易ベッド
簡易組立式三段
ベッドのフレーム
蛇腹収納部
タラップは床下に引き込まれる
内側に折り畳むことも可能
フェイズド・アレイ・アンテナ（起動時）
■サイレント・コア
指揮通信用特殊車両［メグ］
全長：11.98m
全幅：2.49m
全高：3.78m
総重量：11,500kg
最大積載量：13,300kg

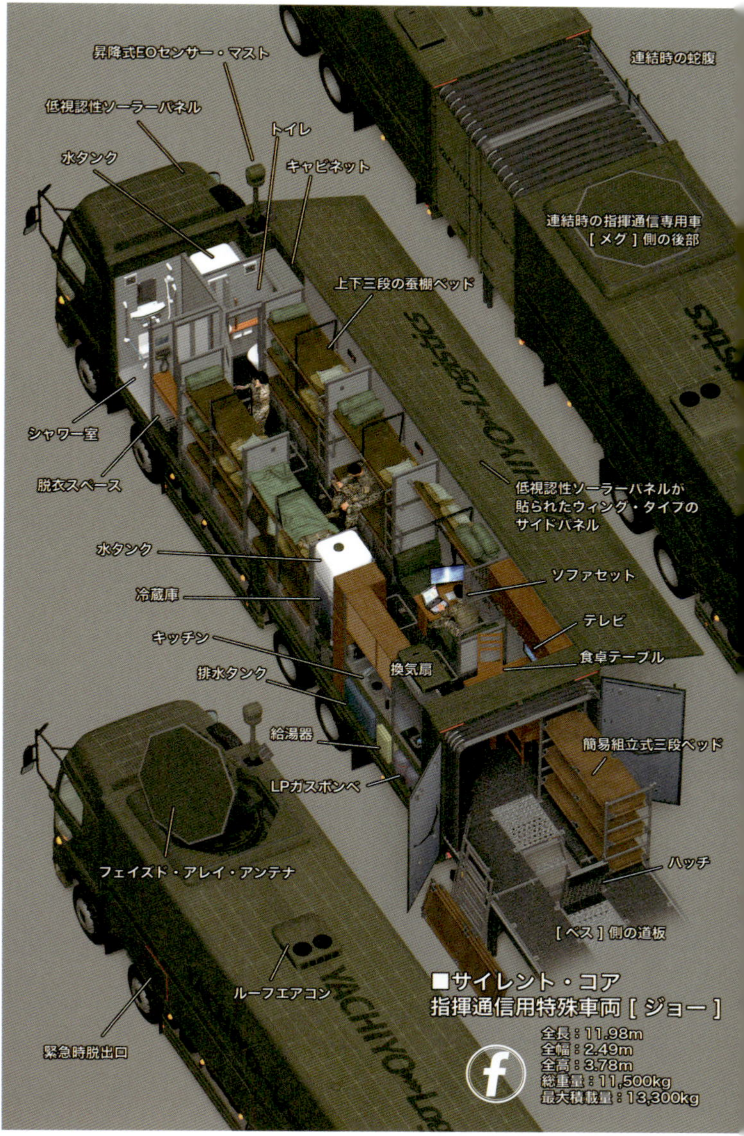
昇降式EOセンサー・マスト
低視認性ソーラーパネル
トイレ
水タンク
キャビネット
連結時の蛇腹
連結時の指揮通信専用車
［メグ］側の後部
上下三段の蚕棚ベッド
シャワー室
脱衣スペース
低視認性ソーラーパネルが
貼られたウィング・タイプの
サイドパネル
水タンク
ソファセット
冷蔵庫
テレビ
キッチン
食卓テーブル
排水タンク
換気扇
給湯器
簡易組立式三段ベッド
LPガスボンベ
ハッチ
フェイズド・アレイ・アンテナ
［ベス］側の道板
ルーフエアコン
緊急時脱出口
■サイレント・コア
指揮通信用特殊車両［ジョー］
全長：11.98m
全幅：2.49m
全高：3.78m
総重量：11,500kg
最大積載量：13,300kg

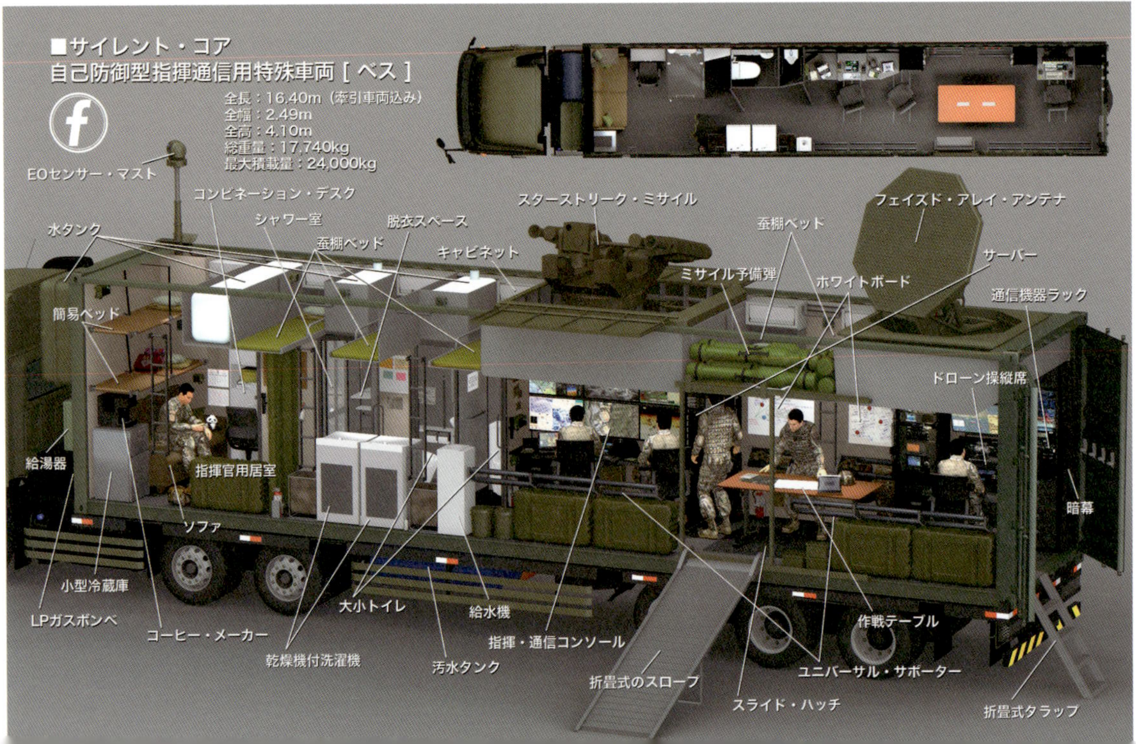
■サイレント・コア
自己防御型指揮通信用特殊車両［ベス］
全長：16.40m（牽引車両込み）
全幅：2.49m
全高：4.10m
総重量：17,740kg
最大積載量：24,000kg
EOセンサー・マスト
コンビネーション・デスク
シャワー室
脱衣スペース
蚕棚ベッド
キャビネット
スターストリーク・ミサイル
蚕棚ベッド
フェイズド・アレイ・アンテナ
水タンク
ミサイル予備弾
ホワイトボード
サーバー
通信機器ラック
簡易ベッド
ドローン操縦席
給湯器
指揮官用居室
暗幕
ソファ
小型冷蔵庫
大小トイレ
給水機
作戦テーブル
LPガスボンベ
コーヒー・メーカー
指揮・通信コンソール
乾燥機付洗濯機
汚水タンク
折畳式のスロープ
ユニバーサル・サポーター
スライド・ハッチ
折畳式タラップ

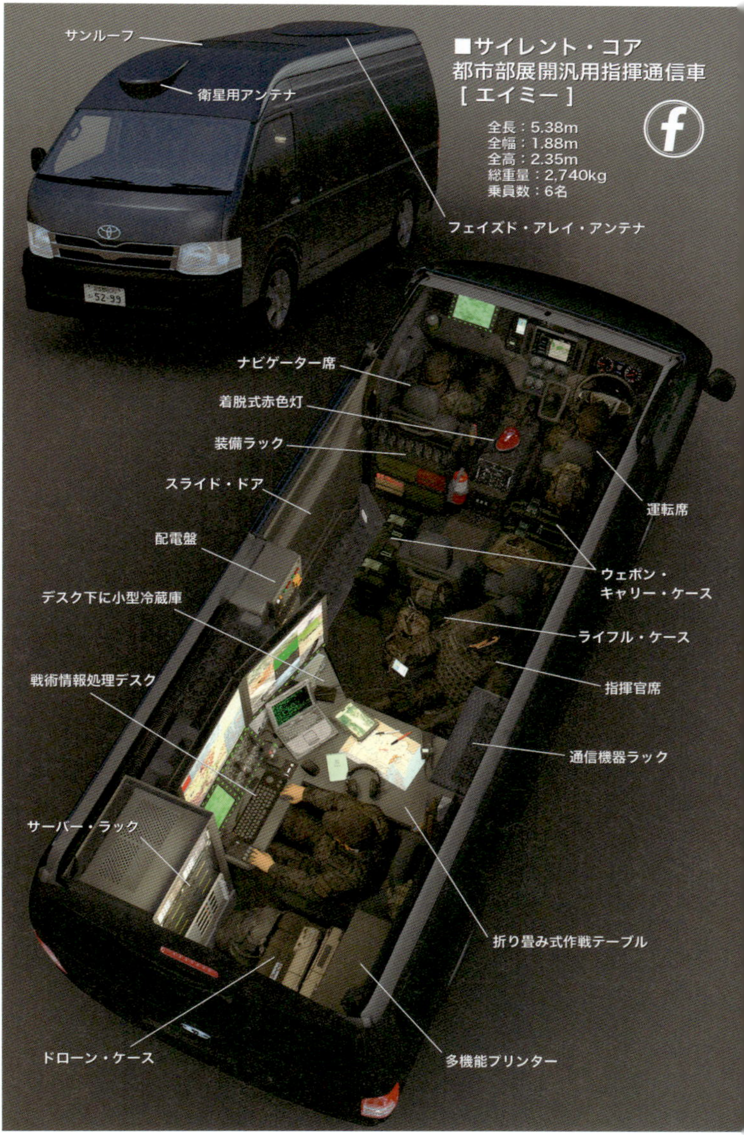
■サイレント・コア
都市部展開汎用指揮通信車
[エイミー]
全長：5.38m
全幅：1.88m
全高：2.35m
総重量：2,740kg
乗員数：6名
サンルーフ
衛星用アンテナ
フェイズド・アレイ・アンテナ
ナビゲーター席
着脱式赤色灯
装備ラック
スライド・ドア
配電盤
デスク下に小型冷蔵庫
戦術情報処理デスク
サーバー・ラック
ドローン・ケース
運転席
ウェポン・キャリー・ケース
ライフル・ケース
指揮官席
通信機器ラック
折り畳み式作戦テーブル
多機能プリンター

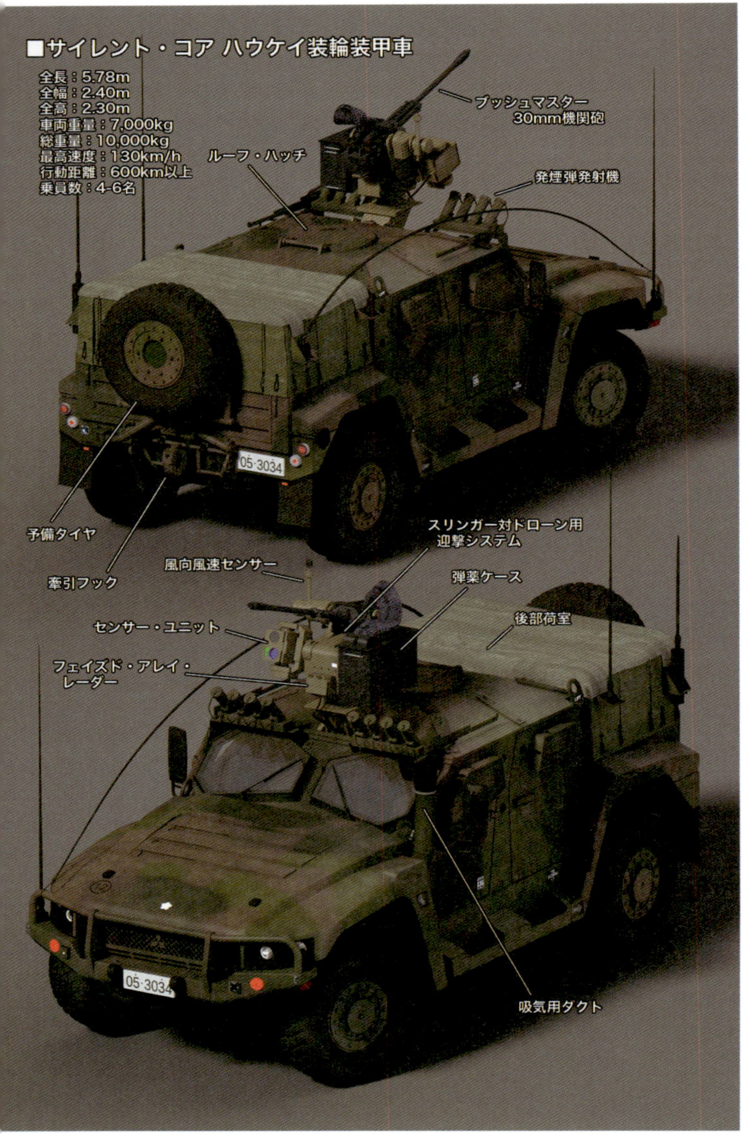
■サイレント・コア ハウケイ装輪装甲車
全長：5.78m
全幅：2.40m
全高：2.30m
車両重量：7,000kg
総重量：10,000kg
最高速度：130km/h
行動距離：600km以上
乗員数：4-6名
ブッシュマスター30mm機関砲
ルーフ・ハッチ
発煙弾発射機
予備タイヤ
牽引フック
スリンガー対ドローン用迎撃システム
風向風速センサー
弾薬ケース
後部荷室
センサー・ユニット
フェイズド・アレイ・レーダー
吸気用ダクト

■対ドローン防御車両“イーグルス（EAGLS）”

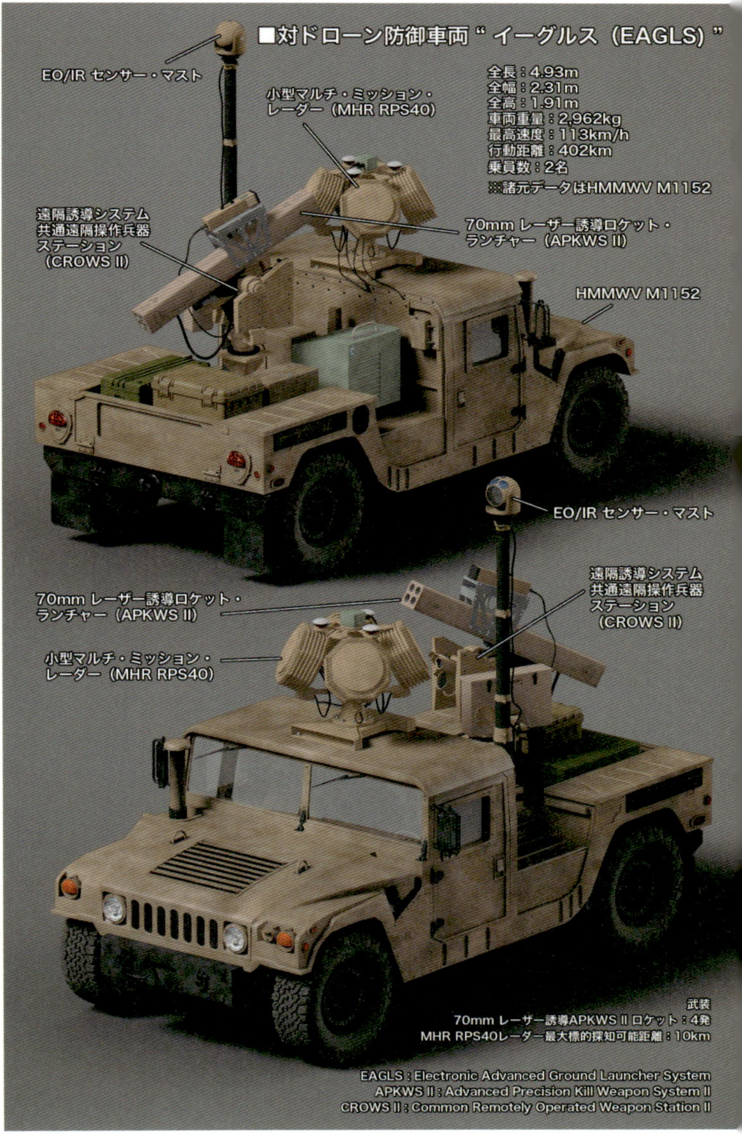

89式装甲戦闘車　Type89 FV

開発：三菱重工業（日）
全長：6.8m
全幅：3.2m
全高：2.5m
重量：約26.5t
速度：約70km/h
乗員：3名＋兵員7名
武装：90口径35mm機関砲、
79式対舟艇対戦車誘導弾
発射装置、7.62mm機関銃

普通科部隊の火力と防御力を飛躍的に高めた装備。夜間戦闘も可能なうえ、路外走行性能にも優れており、戦車部隊を支援することもできる。

日本　『第二次湾岸戦争』ほか

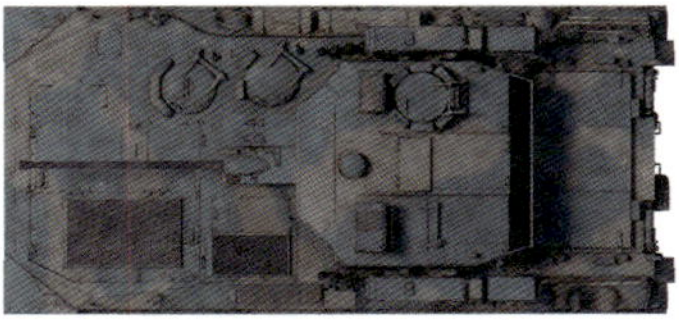

90式戦車　Type90 MBT

開発：三菱重工業（日）
全長：9.80m
全幅：3.40m
全高：2.30m
重量：約50t
速度：70km/h
乗員：3名
武装：44口径120mm滑腔砲、
7.62mm機関銃、
12.7mm重機関銃

陸自第3世代戦車。北海道においてソ連軍戦車を撃退するために開発された。自動装填装置、セラミック複合装甲などの新技術がふんだんに盛り込まれた。

日本　『第二次湾岸戦争』ほか

89式装甲戦闘車
Type89 FV

90式戦車
Type90 MBT

96式装輪装甲車　Type96 WAPC

開発：小松製作所（日）
全長：6.84m
全幅：2.48m
全高：1.85m
重量：14.5t
速度：100km/h
乗員：2名＋10名
武装：40mm自動擲弾銃、
12.7mm重機関銃

73式装甲車の後継車両。公道を走れるよう道路交通法に則った設計がされており、災害派遣任務にも大活躍した。

日本　**『環太平洋戦争』ほか**

AAV7水陸両用強襲輸送車　Assault Amphibious Vehicle

開発：FMCコーポレーション社（米）
全長：8.2m
全幅：3.3m
全高：3.3m
重量：25t
速度：整地72km/h、水上13.2km/h
乗員：3名+21名
武装：12.7mm重機関銃、
40mm自動擲弾銃

海兵隊の強襲上陸用車両だが、陸上で歩兵戦闘車としても使用されている。その際は増加装甲キットを装着する。

日本　**『日中開戦』ほか**

96式装輪装甲車
Type96 WAPC

AAV7 水陸両用強襲輸送車
Assault Amphibious Vehicle

74式戦車　Type74 MBT

開発：三菱重工業（日）
全長：9.41m／全幅：3.18m
重量：38t／速度：53km/h
武装：51口径105mmライフル砲、7.62mm機関銃、12.7mm重機関銃
乗員：4名

陸自第2世代戦車。姿勢変換のできる油気圧懸架装置を持ち、高低差の激しい日本の国土において優れた機動性を発揮する。

日本　『第二次太平洋戦争』ほか

60式自走106mm無反動砲 Type60 SPRG

開発：小松製作所（日）
全長：4.3m／全幅：2.23m／全高：1.38m
重量：8t／速度：45km/h
武装：26口径106mm無反動砲、12.7mmスポットライフル／乗員：3名

待ち伏せ対戦車攻撃に特化した兵器。携行式誘導弾が登場する以前は、普通科部隊が戦車を撃破し得る有力な装備だった。

日本　『北方領土奪還作戦』

87式自走高射機関砲　Type87 AW

開発：三菱重工業（日）、日本製鋼所（日）
全長：7.99m／全幅：3.18m／全高：4.40m
重量：38t／速度：53km/h
武装：90口径35mm対空機関砲×2
乗員：3名

戦車部隊に随伴する対空兵器。西ドイツのゲパルト自走対空砲を参考に開発された。車体は74式戦車がベースになっている。

日本　『対馬奪還戦争』

99式自走155mm榴弾砲　Type99 HSP

開発：三菱重工業（日）、日本製鋼所（日）
全長：12.2m／全幅：3.2m／全高：3.8m
重量：40.0t／速度：49.6km/h
武装：52口径155mm榴弾砲、12.7mm重機関銃
乗員：4名

自動装填装置を搭載しており、99式弾薬給弾車と連結することによって弾薬の補給も自動的に行われ、継続的な射撃が可能。

日本　『半島有事』

19式装輪自走155mm 榴弾砲
Type19 WHSP

開発：ラインメタル・MAN・ミリタリービークル社（独）、日本製鋼所（日）
全長：約11.2m／全幅：約2.5m／全高：約3.4m／重量：25t／速度：100km/h
武装：52口径155mm榴弾砲／乗員：5名

FH-70の後継だが、より機動性を高めるためにMAN社製大型トラック車体を利用しており、C-2輸送機への搭載も可能になっている。

日本　『台湾侵攻』

82式指揮通信車　Type82 CCV

開発：小松製作所（日）、三菱重工業（日）
全長：5.72m／全幅：2.48m／全高：2.38m
重量：13.6t／速度：100km/h
武装：12.7mm重機関銃
乗員：8名

師団司令部や連隊本部などが使用するための、通信機能に特化した車両。

日本　『ダーティ・ボマー』ほか

化学防護車　CRV

開発：小松製作所（日）
全長：約6.1m／全幅：約2.5m／全高：約2.4m／重量：約14.1t／速度：95km/h／
乗員：4名
武装：12.7mm重機関銃

82式指揮通信車がベースになっている。放射線やガスなどの汚染地帯を調査するための車両。緊急車両の指定を受けており、赤色灯とサイレンが装備されている。

日本　『半島有事』

NBC偵察車
NBC Reconnaissance Vehicle

開発：小松製作所（日）
全長：約8m/全高：3.2m／重量：約20t
速度：95km/h／武装：12.7mm重機関銃
乗員：4名

CBRN兵器によって汚染された地域に進入しての危険物質の調査や測定を行う。強力なエアフィルターや放射線防護機能を備え、生物兵器へも対応できる。

日本　『北方領土奪還作戦』

オートバイ（偵察用） KLX250

開発：カワサキモータース（日）
全長：2,135mm／全幅：850mm
全高：1,190mm
重量：117kg／最高速度：135km/h
乗員：1名

偵察や連絡などに使用される。性能は民生用そのままだが、各種装備品を搭載するためのラックが増設されている。

日本　『覇権交代』

03式中距離地対空誘導弾 Type03 Medium-Range Surface-to-Air Missile

開発：三菱電機（日）、三菱重工業（日）、東芝（日）
全長：4.9m／直径：0.32m
重量：約570kg

略称は中SAM。ミサイル本体は73式大型トラックに、射撃管制装置は高機動車に搭載するなど、既存の車両を利用して展開能力を高めている。

日本　『北方領土奪還作戦』ほか

J/TPS-102 移動レーダー車 J/TPS-102

開発：日本電気（日）
探知距離：500km以上
探知高度：30km以上

航空自衛隊のレーダーサイトが保守などの理由で停止する際に、代わりを務めることができる。円筒形のフェーズド・アレイ・アンテナは悪天候にも強いとされている。

日本　『半島有事』

パジェロ Pajero Second Generation

開発：三菱自動車（日）
全長：4.65m／全幅：1.79m／全高：1.87m
重量：2.17t
乗員：7名

もとは殉職した吉村薫二曹の私用車であったが、サイレント・コアの装備となって大切に使用されている。

日本　『自由上海支援戦争』ほか

99 式戦車　ZTZ-99

開発：中国兵器工業集団有限公司（中）
全長：11.0m／車体長：7.3m／全幅：3.4m
全高：2.4m／重量：54.0t
速度：整地 80km/h、不整地 60km/h
武装：50 口径 125mm滑腔砲、12.7mm重機関銃、7.62mm機関銃
乗員：3 名

T-72 をベースにしていながら独自開発のアクティブ・レーザー防護システムなどの最先端装備を搭載している。

中国　『米中激突』ほか

07 式自走対空機関砲　PGZ-07

開発国：中華人民共和国
全長：6.7m／全幅：3.2m
全高：4.82m(レーダーアップ時)
重量：35t
速度：55km/h
武装：35mm機関砲× 2、地対空ミサイル
乗員：3 名

車体は 05 式 155mm自走榴弾砲をベースとしている。捜索用レーダーを強化した指揮車型もある。

中国　『日中開戦』

03B 式装輪装甲車　WJ-03B

開発国：中華人民共和国
全長：6.8m／全幅：2.84m
全高：3.047m
重量：14.6t／速度：85km/h
武装：12.7mm機関銃、300w探照灯、発煙弾発射機
乗員：3 名+6 名

92 式装輪装甲車の武装警察仕様。水上航行機能は削除されている。

中国　『香港独立戦争』ほか

03 式空挺歩兵戦闘車　ZBD-03

開発国：中華人民共和国
全長：5.6m／全幅：2.6m／全高：2.2m
重量：8.0t／速度：70km/h
武装：30mm機関砲、対戦車ミサイル、7.62mm機関銃
乗員：3 名+5 名

人民解放軍初の空挺戦闘車。輸送機からの空中投下も可能。

中国　『米中激突』

04式歩兵戦闘車　ZBD-04

開発国：中華人民共和国
全長：7.2m／全幅：3.2m／全高：2.5m
重量：20t
速度：陸上75km/h、水上20km/h
武装：100mm低圧砲、対戦車ミサイル、7.62mm機関銃
乗員：3名+7名

ロシアのBMP-3を参考にしており、武装は似ているが内部構造はかなり異なる。

中国　『日中開戦』ほか

05式水陸両用戦車　ZTD-05

開発国：中華人民共和国
全長：9.5m／全幅：3.36m
全高：3.04m／重量：26t
速度：陸上65km/h、水上25km/h
武装：105mm低圧砲、12.7mm機関銃、7.62mm機関銃
乗員：4名

海軍陸戦隊05式水陸両用車ファミリーの火力支援型。

中国　『台湾侵攻』

05式水陸両用歩兵戦闘車　ZBD-05

開発国：中華人民共和国
全長：9.5m／全幅：3.36m／全高：3.04m
重量：26t／速度：陸上65km/h、水上30-40km/h／行動距離：500km
武装：30mm機関砲、対戦車ミサイル発射機、7.62mm機関銃
乗員：3名＋8名

海軍陸戦隊05式水陸両用車ファミリーの中核をなす型。

中国　『台湾侵攻』

08式装輪歩兵戦闘車　ZBL-08

開発国：中華人民共和国
全長：8.0m／全幅：2.1m／全高：3.0m
重量：21t／速度：100km/h
武装：30mm機関砲、対戦車誘導弾、7.62mm機関銃
乗員：3名＋7名

外見は東側式に見えるが内部構造は西側式の技術が導入されている。

中国　『日中開戦』

T-62 戦車　T-62MBT

開発：ハリコフ機械製造設計局（蘇）
全長：9.3m／全幅：3.52m／全高：2.4m
重量：41.5t／速度：50km/h
武装：55 口径 115mm滑腔砲、12.7mm対空機関銃、7.62mm機関銃
乗員：4 名

世界初の滑腔砲搭載戦車。避弾経始を考慮した砲塔は、天井が一体化して、より球形に近くなった。

北朝鮮　『半島有事』

T-72 戦車　T-72MBT

開発国：ソビエト連邦
全長：9.53m／全幅：3.59m／
全高：2.19-2.23m／重量：41.5-46t
速度：整地 60-70km/h、不整地 45km/h
武装：125mm滑腔砲、7.62mm機関銃、12.7mm重機関銃／乗員：3 名

生産コストの高かったT-62 の反省を踏まえて設計された。生産性の向上した本車は、旧ソ連とその友好国において大量に生産・配備された。

北朝鮮　『半島有事』

T-80 戦車　T-80MBT

開発：レニングラード・キーロフ工場設計局（蘇）
全長：9.66m／全幅：3.6m／全高：2.2m／重量：42.5t／速度：整地 65km/h、不整地 45km/h／武装：125mm滑腔砲、12.7mm重機関銃、7.62mm機関銃／乗員：3 名

コスト重視のT-72 に対して、本車は性能重視で設計されている。そのため生産数も少なく、精鋭部隊のみに配属されていた。

露/中国　『第二次湾岸戦争』ほか

BMP-1 歩兵戦闘車　BMP-1 IFV

開発：チェリャビンスク・トラクター工場設計局（蘇）／全長：6.46m／全幅：2.94m／全高：1.88m／重量：12.6t／速度：整地 65km/h、不整地 45km/h、水上 8km/h／武装：73mm低圧滑腔砲、対戦車ミサイル、7.62mm機関銃

兵員輸送用にすぎなかった従来の装甲車に対し、本車は強力な武装を施すことで戦闘に参加できるようになり、歩兵戦闘車という新たな概念を生んだ。

露　『石油争覇』ほか

M60A3 戦車　M60A3 MBT

開発国：アメリカ合衆国
全長：9.31m／全幅：3.63m／全高：3.28m
重量：51.4t／速度：48km/h
武装：51 口径 105mm砲、12.7mm機関銃、7.62mm機関銃
乗員：4 名

後継戦車の開発が難航していたため、M46 から改造に改造を重ねて続いた通称パットン・シリーズの最終型。

米国/台湾　『環太平洋戦争』ほか

M1A2 エイブラムス戦車　M1A2 MBT Abrams

開発：クライスラー・ディフェンス社（米）
全長：9.83m／全幅：3.66m／全高：2.37m
重量：62.1t／速度：整地 67km/h、不整地 48km/h／武装：44 口径 120mm滑腔砲、12.7mm重機関銃、7.62mm 機関銃
乗員：4 名

湾岸戦争でソ連製T-72 戦車に完勝したA1 型に、さらなる改造を加えた。

米国　『第三次世界大戦』

MLRS 多連装ロケット・システム　M270 Multiple Launch Rocket System

開発国：アメリカ合衆国
全長：7.06m／全幅：2.97m／全高：2.6m
重量：24.756t／速度：64km/h／武装：227mmロケット弾 12 連装発射機
乗員：3 名

車体はM2 ブラッドレー歩兵戦闘車をベースにしている。短時間に広い面積に制圧射撃が可能な反面、榴弾砲のような精密な射撃はできない。

米国　『第二次湾岸戦争』

ハンヴィー　HMMWV

開発：AMゼネラル社（米）
全長：4.57m
全幅：2.16m
全高：1.75m
重量：2.34t
乗員：4 名

それまでのジープ系四輪駆動車にかわって採用された汎用車両。大型化し、防御力や積載量も増大した。

米国　『合衆国消滅』

ストライカー装輪装甲車
Stryker ICV

開発：モワク社（瑞）、ジェネラル・ダイナミクス・ランド・システムズ社（米）
全長：6.95m／全幅：2.72m／全高：2.64m
重量：16.47t／速度：整地 100km/h、不整地 60km/h／武装：12.7mm重機関銃、7.62mm機関銃／乗員：2 名+9 名

スイス製LAV-Ⅲをもとに開発された。武装や装備の異なる様々な派生型を編成して、ストライカー旅団を構成する。

米国　『合衆国消滅』ほか

ストライカー MGS
M1128 Stryker MGS

開発：モワク社（瑞）、ジェネラル・ダイナミクス・ランド・システムズ社（米）
全長：6.95m／全幅：2.72m／全高：2.64m
重量：18.77t／速度：96km/h
主兵装：105mm戦車砲、12.7mm重機関銃、7.68mm機関銃／乗員：3 名

火力支援型ストライカー。主砲はM60戦車と同じものだが、自動装填装置が追加されて射撃速度が向上している。

米国　『合衆国消滅』

IM-SHORAD　M1265A1

開発：モワク社（瑞）、ジェネラル・ダイナミクス・ランド・システムズ社（米）
全長：7.27m／全幅：2.96m／重量：28.6t／速度：97km/h／行動距離：531km／武装：30mm 機関砲、7.62mm機関銃、スティンガー、ロングボウ・ヘルファイア
乗員：3 名

防空型ストライカー。無人機やドローンを迎撃するための近距離防空システムを搭載している。

米国　『覇権交代』

LAV-25 水陸両用歩兵戦闘車

開発：モワク社（瑞）
全長：6.39m／全幅：2.50m
全高：2.69m
重量：12.8t
速度：陸上 100km/h、水上 12km/h
武装：25mm機関砲、7.62mm機関銃
乗員：3 名+6 名

ピラーニャ装甲車の米海兵隊仕様。湾岸戦争からは米陸軍にも採用された。

米国　『第三次世界大戦』ほか

ピラーニャⅣ装輪装甲車
Piranha4 Ⅳ 8 × 8

開発：モワク社（瑞）
全長：7.24m／全幅：2.8m／全高：2.2m
重量：25t／速度：100km/h
武装：30mmオートキャノン
乗員：16 名

世界各国で売れ続けているベストセラー装甲車のシリーズ。Ⅳ型はモジュール装甲を採用し、曲線の多い車体形状になった。

スイス　『合衆国消滅』ほか

RG-33 装輪装甲車　MRAP

開発：ランドシステムズOMC社（南阿）
全長：6.7m／全幅：2.4m／全高：2.9m
重量：22t／速度：108km/h
乗員：2 名+4 名

耐地雷・伏撃防護（Mine Resistant Ambush Protected）を重視した装甲車。イラクで地雷や路肩爆弾に悩まされていた米軍が採用した。

米国　『アメリカ陥落』

スコーピオン DPV
Desert Patrol Vehicle

開発国：アメリカ合衆国
全長：4.08m／全幅：2.11m／全高：2.01m
重量：960kg／速度：130km/h／
武装：12.7mm重機関銃、12.7mm機関銃など／乗員：2 名+2 名

米軍特殊部隊が偵察などに使用しているバギー。以前はFAV（Fast Attack Vehicle)と呼ばれていたが、湾岸戦争の頃からDPVと呼ばれるようになった。

米国　『第二次湾岸戦争』ほか

K2 主力戦車 黒豹　K2 흑표

開発国：大韓民国
全長：10m／車体長：7.50m／全幅：3.60m
全高：2.50m／重量：55t
速度：整地 70km/h、不整地 50km/h
武装：55 口径 120mm滑腔砲、7.62mm機関銃／乗員：3 名

初期生産車ではドイツ製パワーパックなど輸入品を搭載していたが、量産が進むにつれ韓国産の部品比率が増えているという。

韓国　『半島有事』ほか

K9 自走榴弾砲サンダー　K9 선덤

開発国：大韓民国
全長：12.0m／全幅：7.44m／全高：3.4m
重量：47t／速度：67km/h
武装：52 口径 155mm榴弾砲、12.7mm重機関銃／乗員：5 名

米国製やドイツ製の同種兵器よりも機構が単純で、メンテナンス性が良いとの評価を得ており、輸出が好調である。

韓国　『半島有事』

レオパルド 2A5　Leopard 2A5

開発：クラウス・マッファイ社（独）
全長：9.67m／全幅：3.74m／全高：2.99m
重量：59.5t／速度：68km/h
武装：44 口径 120mm滑腔砲、7.62mm機関銃／乗員：4 名

多数の国へ輸出され、事実上のNATO軍標準戦車とも言われる。A5 型は砲塔に楔形の増加装甲が装着され、外観が大きく変化した。

独　『アメリカ分断』ほか

ヴェクストラ装輪戦闘車 Vextra105

開発：GIATインダストリー社(仏)
全長：7.5m／全幅：3m／全高：2m
重量：31t／速度：120km/h
武装：105mm砲、7.62mm機関銃
乗員：4 名

GIAT社が輸出向けに自主開発した車両。仏陸軍のVBCI装輪装甲車ファミリー開発のベースとなった。

仏　『サハリン争奪戦』

04A 式歩兵戦闘車　ZBD-04A

全長：7.2m／全幅：3.2m／全高：2.5m
重量：25t
速度：陸上 75km/h、水上 20km/h
武装：100mm低圧砲、対戦車ミサイル、7.62mm機関銃
乗員：3 名+7 名

04 式の装甲強化型。重量増のため水上走行は河川のみ。海上走行はできない。

中国　『日中開戦』

リップソー M5 型無人戦闘車両
RIPSAW M5 UCV

開発国：アメリカ合衆国
全長：5.94m／全幅：2.67m／全高：180cm／重量：4,100 kg／速度：96km/h
武装：30mm機関砲、7.62mm機関銃

遠隔操作により主に偵察任務を行う。搭載した小型ドローンにより、空からの偵察やIDE（即席爆発装置）の処理なども可能。

米国　『覇権交代』

ローグ・ファイア無人車両
ROGUE-Fires UGV

開発国：アメリカ合衆国

ヘリによるスリング輸送も可能な小型車でありながら、HIMARSと同等のロケット弾、ミサイルを搭載することができ、対艦ミサイル型や巡航ミサイル型も開発されている。

米国　『台湾侵攻』

ホバーバイク　Hoverbike

開発国：中華人民共和国
全長：3.20m／全幅：1.95m／全高：1.10m
重量：114kg／最高速度：96km/h
飛行高度：5m／最高高度：305m
行動距離：21km
飛行時間：15-40 分
乗員：1 名

人民解放軍第 7 空中機動旅団の特殊装備。小型ロケット弾を 4 発搭載できる。

中国　『台湾侵攻』

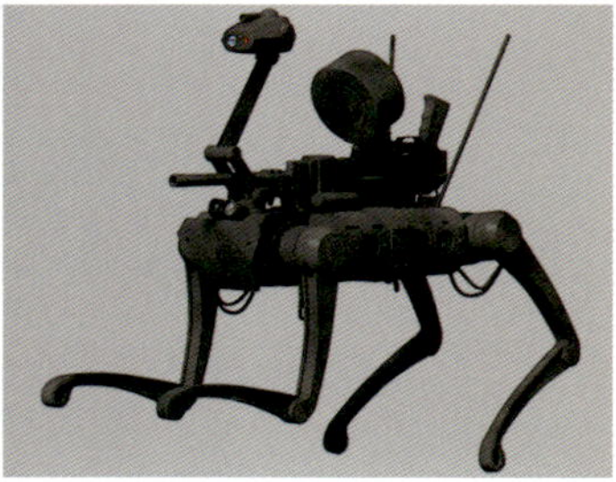

ケルベロス

開発国：中華人民共和国
全長：879mm
全幅：368mm
全高：736mm

中国軍が開発した四足歩行攻撃機。投入された機体はショットガンを装備していた。目標の脅威度を判定するAIを搭載しており、非武装の人間は無視して武器を構えた相手を積極的に攻撃する。

中国　『台湾侵攻』

海上装備一覧

こんごう型護衛艦　DDG-174 きりしま

基準排水量：7,250t
全長：161m
全幅：21.0m
主機関：ガスタービン4基2軸
速力：30kt
主要兵装：54口径127mm砲、VLS、SSM、3連装短魚雷発射管×2
乗員：約300名

2010年に弾道ミサイル対処能力を付加され、日本近海を飛行する弾道ミサイルを探知・追尾することが可能になった。

日本　『北方領土奪還作戦』

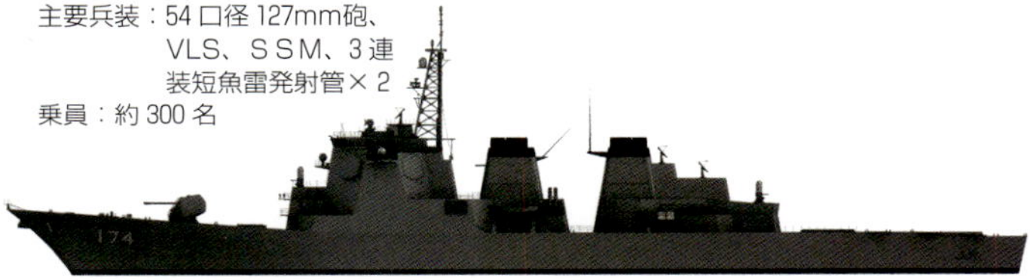

30メートル型巡視艇　PC108 やえぐも

全長：32.0m
最大幅：6.5m
総トン数：100t
主機関：ディーゼル2基、ウォータージェット推進2軸
速力：36kn以上
主要兵装：12.7mm単装機銃
乗員：10名

優れた高速機動性能は乗組員からの評判も良く、海上保安庁のほとんどの管区に同型艇が配備されている。

日本　『対馬奪還戦争』ほか

いずも型護衛艦　DDH-183 いずも

基準排水量：19,950t
全長：248m
全幅：38m
主機関：ガスタービン4基2軸
速力：30kt
主要兵装：対艦ミサイル防御装置×2、魚雷防御装置
乗員：約470名

ひゅうが型を拡大し航空運用能力をさらに高めた。そのかわりに兵装は自艦防御用としては最小限とされ、単艦での戦闘力は低い。

日本　『南沙艦隊殲滅』

こんごう型護衛艦
DDG-174 きりしま

30メートル型巡視艇
PC108 やえぐも

いずも型護衛艦
DDH-183 いずも

いずも型護衛艦　DDH-184 かが（甲板拡張）

基準排水量：19,950t
全長：248m
全幅：38m
主機関：ガスタービン 4 基 2 軸
速力：30kt
主要兵装：対艦ミサイル防御装置× 2、魚雷防御装置
乗員：約 470 名

2023 年にF-35B戦闘機の運用能力を付加する改装が行われたため、飛行甲板前端部が拡張され、艦首の形状が大きく変化し、航空関係の装備も増強された。

日本　『台湾侵攻』ほか

あきづき型護衛艦　DD-115 あきづき

基準排水量：5,050t
全長：151m
全幅：18.3m
主機関：ガスタービン 4 基 2 軸
速力：30kt
主要兵装：VLS、魚雷発射管× 2
乗員：約 200 名

たかなみ型にFCS-3 などの新装備を盛り込む形で設計された汎用護衛艦。それまでと違い、ステルス性を考慮した低いマストの形状が特徴。

日本　『台湾侵攻』

もがみ型護衛艦　FFM-1 もがみ

基準排水量：3,900t
全長：133.0m
全幅：16.3m
主機関：ガスタービン 1 基、ディーゼル 2 基、推進機 2 軸
速力：約 30kt
主要兵装：62 口径 5 インチ砲、SeeRAM、SSM、VLS
乗員：約 90 名

多様な任務をこなす装備を持ちつつも、小型省力化という難しい要求に答えた設計。またステルス性も考慮されており、従来の護衛艦とは大きく異なる外見となった。

日本　『パラドックス戦争』

いずも型護衛艦

DDH-184 かが

（甲板拡張）

あきづき型護衛艦

DD-115 あきづき

もがみ型護衛艦

FFM-1 もがみ

むらさめ型護衛艦　DD-101 むらさめ

基準排水量：4,550t
全長：151m／最大幅：17.4m／主機関：ガスタービン4基2軸／速力：30kt
主要兵装：62口径76mm速射砲、3連装短魚雷発射管×2、ＳＳＭ、VLS
乗員：約165名

海自第2世代汎用護衛艦。イージス艦に準じた電子装備を持つ。艦内の配置を見直し、省力化と居住性を向上させた。

日本　『アジア覇権戦争』

あさぎり型護衛艦　DD-154 あまぎり

基準排水量：3,500t
全長：137m／最大幅：14.6m／主機関：ガスタービン4基2軸／速力：30kt
主要兵装：62口径76mm速射砲、短SAM、SSM、アスロック、3連装短魚雷発射管×2／乗員：約220名

本艦から短SAMの自動装填装置が搭載され、5番艦はまぎり以降はさらにレーダーや射撃管制装置なども変更された。

日本　『深海の悪魔』

ひゅうが型護衛艦　DDH-181 ひゅうが

基準排水量：13,950t
全長：197m／全幅：33m
主機関：ガスタービン4基2軸
速力：30kt
主要兵装：VLS、魚雷発射管×2
乗員：約380名

ヘリコプター搭載力を高めた平甲板型護衛艦。指揮統制能力も高く、多数のヘリを同時展開させて多様な任務に対応できる。

日本　『北方領土奪還作戦』ほか

こんごう型護衛艦　DDH-173 こんごう

基準排水量：7,250t／全長：161m
全幅：21.0m
主機関：ガスタービン4基2軸
速力：30kt／主要兵装：54口径127mm砲、VLS、ＳＳＭ、3連装短魚雷発射管×2
乗員：約300名

日本最初のイージス艦。米海軍のアーレイ・バーク級駆逐艦を参考にしているが、旗艦用装備などが盛り込まれたため、やや大型化している。

日本　『石油争覇』ほか

まや型護衛艦　DDG-179 まや

基準排水量：8,200t
全長：170.0m／全幅：21.0m
主機関：ガスタービン2基、電動機2基2軸／速力：約30kt／主要装備：62口径5インチ砲、VLS、SSM、アスロック、魚雷発射管×2／乗員：約300名

あたご型の改良型。機関が電気推進式となったほか、イージス・システムなどの電子兵装類は就役時から最新型が搭載され弾道弾迎撃能力を持つ。

日本　『東シナ海開戦』

すがしま型掃海艇　MSC-685 とよしま

基準排水量：510t
全長：54m／全幅：9.4m
主機関：ディーゼル2基2軸／速力：14kt
主要兵装：20mm機関砲、掃海装置一式
乗員：約45名

湾岸戦争後のペルシャ湾派遣任務でステルス機雷の処理に苦労した経験に基づき、英海軍のサンダウン級機雷掃討艇を参考に設計された。

日本　『日中開戦』

はやぶさ型ミサイル艇　PG-824 はやぶさ

基準排水量：200t
全長：50m／全幅：8.4m
主機関：ガスタービン3基、ウォータージェット推進機3基／速力：44kt
主要兵装：62口径76mm速射砲、艦対艦ミサイル／乗員：約21名

小型すぎて運用上の制約があった1号型ミサイル艇の反省を踏まえてより大型化された。

日本　『石油争覇』ほか

おおすみ型輸送艦　LST-4001 おおすみ

基準排水量：8,900t
全長：178m／全幅：25.8m
主機関：ディーゼル2基2軸
速力：22kt
主要兵装：20mmCIWS
乗員：約135名

全通飛行甲板からはヘリコプターを多数運用可能で、搭載したエア・クッション艇とともに迅速な輸送・揚陸が可能となっている。

日本　『アジア覇権戦争』ほか

エア・クッション艇1号型

基準排水量：85t
全長：28m／全幅：14.7m
主機関：ガスタービン4基2軸、スラスター2基
速力：50kt
乗員：約5名

おおすみ型輸送艦の搭載艇。米海兵隊のLCAC-1級と同型。能登半島地震の際は、道路が寸断された地域へも物資輸送するという活躍を見せた。

日本　『環太平洋戦争』ほか

おやしお型潜水艦　SS-590 おやしお

基準排水量：2,750t
全長：82m／全幅：8.9m
主機関：ディーゼル2基、電動機1基1軸
速力：水上12kt、水中20kt
主要兵装：水中発射管
乗員：約70名

対潜哨戒機の進化によって潜水艦の優位性が失われつつあったため、より隠密性とステルス性を追求した設計がなされた。

日本　『香港独立戦争』ほか

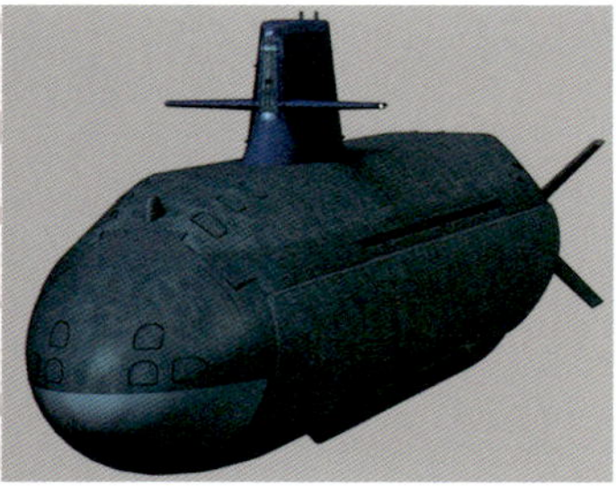

そうりゅう型潜水艦　SS-501 そうりゅう

基準排水量：2,950t／全長：84m／全幅：9.1m／主機関：ディーゼル2基、スターリング機関4基、電動機1基1軸
速力：約20kt／主要兵装：水中発射管
乗員：約65名

非大気依存推進システムを搭載し、水中行動能力を向上させた。艦内の情報装置がネットワーク化され、戦術情報を一括で管理できるようになった。

日本　『北方領土奪還作戦』

はるしお型潜水艦　SS-589 あさしお

基準排水量：2,560t／全長：78.0m／全幅：10.0m／主機関：ディーゼル2基、主発電機2基、主電動機1基1軸
速力：水上12kt、水中20kt／潜航深度：500m／主要兵装：533mm魚雷発射管×6
乗員：71名

第一線を離れた後もたびたび改装され、新技術のテスト艦として運用された。そうりゅう型建造に先立ちスターリング機関が搭載されて試験が行われた。

日本　『アジア覇権戦争』

DSRV 深海救難艇 2号艇

基準排水量：約45t
全長：12.4m／最大幅：3.2m／高さ：4.3m
主機関：電動機
速力：4kt
乗員：2名+16名

潜水艦救難艦ASR-403ちはやの搭載艇。底部を沈没潜水艦のハッチに接続し、乗員の救出を行う。

日本　『環太平洋戦争』ほか

2000t型巡視船　PL52 あかいし

全長：95.0m／最大幅：12.6m
総トン数：1,800t
主機関：ディーゼル4基、ウォータージェット推進2軸／速力:30kn以上／主要兵装:40mm単装機関砲、20mm多砲身機関砲
乗員：30名

日本近海に出没する不審船が武装を強化していることから海保では機動船隊を組んで対処することとなった。本船は隊を率いる指揮船として整備された。

日本　『虎07潜を救出せよ』

しんかい6500 DVS　Shinkai6500

空中重量：26.7t
全長：9.7m／全幅：2.7m／全高：4.1m
重量：26.7t
速力：2.7kt
潜航深度：6,500m
乗員：2名+便乗者1名

国立研究開発法人海洋研究開発機構の調査船。支援母船「よこすか」に搭載されて運用される。

日本　『深海の悪魔』

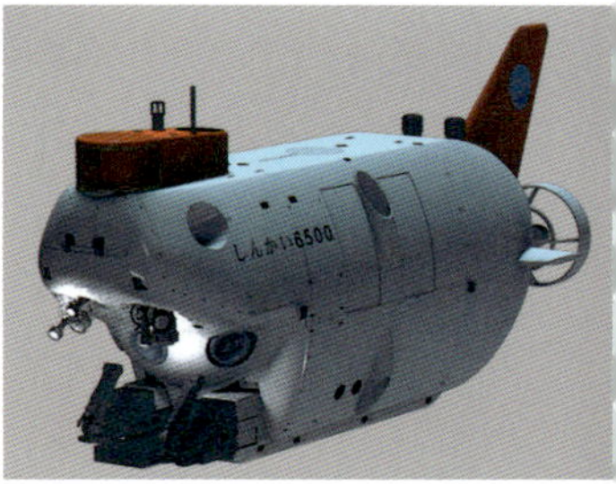

クズネツォフ級航空母艦 16 遼寧
001型航空母舰 16 辽宁

基準排水量：57,000t
全長：304.5m／全幅：70.5m
主機関：蒸気タービン4基4軸
速力：30kt
主要兵装：30mmガトリング砲、212mm対潜ロケット、SAM

ソ連解体により未完成状態で放置されていた重航空巡洋艦ヴァリャーグを中国海軍が取得、修復完成させた。

中国　『米中激突』ほか

002型航空母艦 17 山東
002型航空母舰 17 山东

基準排水量：65,000t
全長：315.5m／全幅：75.5m／主機関：蒸気タービン4基4軸／速力：30kt
主要兵装：30mmガトリング砲、212mm対潜ロケット、SAM

空母遼寧から得られた技術を用いて、新規建造された艦。大まかな艦姿はそのままだが、各所に中国独自の改良が加えられている。

中国　『東シナ海開戦』

南昌級駆逐艦 101 南昌
055型驱逐舰 101 南昌

基準排水量：11,000t
全長：180.0m／全幅：19.0m
主機関：ガスタービン4基2軸
速力：32kt／主要兵装：70口径130mm砲、VLS、SSM、SAM／乗員：280名

中国の海洋進出にともない強力な兵装と抗堪性を追求した結果、欧米の基準では巡洋艦級と分類されるほどの大型艦になった。

中国　『東シナ海開戦』

蘭州級駆逐艦 171 海口
052C型驱逐舰 171 海口

基準排水量：7,000t／全長：155.5m/全幅：17.2m／主機関：ディーゼル2基、ガスタービン2基2軸／速力：31kt／主要兵装：55口径100mm砲、CIWS、VLS、SSM、SAM／乗員：220名

中国産のHHQ-9艦隊防空ミサイル・システムとフェーズド・アレイ・レーダーを搭載した、中国版イージス艦。中華神盾艦とも呼ばれている。

中国　『南沙艦隊殲滅』

江凱Ⅱ型フリゲイト 569 玉林
054A型护卫舰 569 玉林

基準排水量：3,450t
全長：134.0m／全幅：15.0m
主機関：ディーゼル4基2軸
速力：27kt／主要兵装：60口径76.2mm砲、VLS、SSM、SAM／乗員：190名

フランスの技術を得て開発した電子兵装を搭載しているため、それまでの中国艦とは一線を画す高性能となっている。

中国　『米中激突』

071 型ドック型揚陸艦 987 五指山
071 型船坞登陆舰 987 五指山

基準排水量：18,500t
全長：210.0m／全幅：28.0m
主機関：ディーゼル 4 基 2 軸
速力：23kt／主要兵装：76mm単装砲、30mmCIWS／乗員：120 名

艦内にエア・クッション艇 4 隻と輸送ヘリ 4 機を搭載できる大型艦。一個大隊の兵員と装備を収容し輸送することが可能。

中国 『東シナ海開戦』

紅稗型ミサイル艇　22 型导弹快艇

満載排水量：220t
全長：42.6m/全幅：12.2m
主機関：ディーゼル 2 基、ウォータージェット 4 基／速力：50kt／主要兵装：30mmCIWS、SSM／乗員：14 名

後部に装備したミサイルランチャーは昇降式で、発射直前までは船体に格納してステルス性を向上させている。中国海軍では約 60 隻を建造し、さらに輸出も計画されている。

中国 『日中開戦』ほか

CB90 型高速強襲艇
CB-90 Class Fast Assault Craft

基準排水量：15.3t／全長：15.9m／全幅：3.8m／主機関：ディーゼル 2 基、ウォータージェット／速力：40kt／主要兵装：12.7mm重機関銃、機雷／乗員：3 名＋ 21 名

もとはスウェーデン海軍向けに開発されたが、周辺諸国にも輸出されている。通信機能などを強化した指揮統制型や、非武装の救難艇型、沿岸警察仕様などの派生型もある。

瑞 『覇権交代』

宋型潜水艦　039 型潜艇

基準排水量：1,727t
全長：74.9m／最大幅：7.5m
主機関：ディーゼル 4 基、電動機 1 基
速力：水上 15kt、水中 22kt
潜航深度：300m
乗員：60 名
主要兵装：533mm魚雷発射管× 6

中国潜水艦として初めて涙滴型船型と 1 軸推進方式が採用され、水中での機動性が向上した。

中国 『虎 07 潜を救出せよ』

636M 型潜水艦 374 遠征 74 号
636M 型潜艇 374 远征 74

水中排水量：3,100t
全長：73.8m／最大幅：9.9m
主機関：ディーゼル 2 基、電動機 2 基
速力：水上 11kt、水中 20kt
潜航深度：240m／乗員：52 名
主要兵装：533mm魚雷発射管× 6

ソ連より輸入した艦。原型のキロ型にはなかった対艦ミサイル発射機能を持つ。

中国　『米中激突』ほか

726 型エア・クッション揚陸艇
726 型气垫登陆艇

満載排水量：170t
全長：30m／全幅：16m
主機関：ガスタービン 2 基
速力：40kt
乗員：5-6 名

071 型揚陸艦の搭載艇。米海兵隊の LCAC-1 級に似た外見をしている。

中国　『南沙艦隊殲滅』ほか

無人艇 JARI- USV
JARI-USV 無人作戦艇

基準排水量：20t
全長：15m／最大幅：4.8m
速力：42kt
主要兵装：30mm速射砲、VLS、魚雷発射管

世界最小のイージス船と言われている。遠隔操作と自律制御のモードがある。

中国　『台湾侵攻』

ニミッツ級原子力空母 CVN-70 カール・ヴィンソン USS CVN-70 Carl Vinson

満載排水量：101,264t
全長：332.8m／最大幅：76.8m
主機関：原子炉 2 基、蒸気タービン 2 基 4 軸／速力：30kt以上／主要兵装：SAM、RAM、CIWS／乗員：6,012 名

おもに北太平洋からインド洋で活動しており、また日本に立ち寄ったり自衛隊との共同訓練を実施するなどして馴染みの深い米空母である。

米国　『第二次太平洋戦争』ほか

アイオワ級戦艦BB-63 ミズーリ USS BB-63 Missouri

基準排水量：45,000t／全長：270.4m／最大幅：33m／主機関：蒸気タービン4基4軸／速力：32.5kt／主要兵装：50口径40.6cm砲、38口径12.7cm砲、SLCM、SSM／乗員：6,012名

第二次大戦時に建造された古参艦。世界唯一の40センチ砲搭載艦としてイラン・イラク戦争や湾岸戦争にも参加。

米国　『戦艦ミズーリを奪還せよ』

インディペンデンス級沿海域戦闘艦インディペンデンス USS LCS-2 Independence

基準排水量：2,307t／全長：128.4m／最大幅：31.6m／主機関：ディーゼル2基、ガスタービン2基、ウォータージェット推進4軸／速力：44kt／主要兵装：57mm速射砲、SeaRAM／乗員：43名

米海軍の従来艦艇は大型で高価になりすぎて、沿海での治安活動には適さなくなったため、そのような任務に特化した安価な艦として開発された。

米国　『米中激突』

アーレイ・バーク級駆逐艦 DDG-85 マッキャンベル USS DDG-85 McCampbell

基準排水量：9,648t
全長：155.3m／最大幅：20.1 mm
主機関：ガスタービン4基2軸／速力：31kt
主要兵装：4.5インチ砲、3連装単魚雷発射管、SLCM、VLS／乗員：380名

イージス・システムを搭載した米海軍の主力駆逐艦。マッキャンベルは横須賀を母港としている。

米国　『第三次世界大戦』

沱江級コルベット 沱江級巡邏艦

満載排水量：685t
全長：65m／最大幅：14m
主機関：ディーゼル、ウォータージェット推進4軸／速力：40kt／乗員：53名／主要兵装：76mm砲、20mmCIWS、単魚雷発射管、SSM、SAM

ステルス性と高速を生かし敵艦に急接近する一撃離脱用兵器。軍港が破壊された際には漁港などでも補給が可能なように、喫水は浅く抑えられている。

台湾　『台湾侵攻』

600トン型巡視船 CG601 安平
600噸級巡防艦 CG601 安平

排水量：750t／全長：65.4m／最大幅：14.8m／吃水：2.4m／主機関：ディーゼル、ウォータージェット推進4軸／速力：44.5kt／乗員：30名／主要兵装：ロケット弾発射機、機関砲、放水銃

船体は沱江級と同設計だが、砲やミサイルは搭載していない。だが有事には武装を施し沱江級コルベットに変身する。

台湾　『台湾侵攻』

世宗大王級駆逐艦 DDG-991
世宗大王　DDG-991 셩종대왕

基準排水量：7,650t
全長：166m／最大幅：21.4m
主機関：ガスタービン4基2軸
速力：30kt
主要兵装：127mm砲、3連装単魚雷発射管、SSM、RAM、VLS／乗員：300名以上

韓国最初のイージス艦。米海軍のアーレイ・バーク級を参考に建造されたが、対潜能力が強化されているという。

韓国　『対馬奪還戦争』ほか

犬鷲型ミサイル艇 PKG-711 尹永夏
PKG-711 윤영하급

基準排水量：440t／全長：63m／最大幅：9.0m／主機関：ガスタービン2基、ディーゼル2基、ウォータージェット推進3軸／速力：44kt／乗員：約40名／主要兵装：62口径76mm速射砲、40mm連装機関砲、12.7mm重機関銃、SSM

北方限界線に配備するため開発されたが、初期は機器の不具合が続出して戦力化には数年を要してしまった。

韓国　『対馬奪還戦争』

ウダロイ級駆逐艦　Фрегат1155

基準排水量：6,930t
全長：163m／全幅：19.3m
主機関：ガスタービン2基2軸
速力：28kt／主要兵装：100mm砲、12連装対潜ロケット発射機、533mm 4連装魚雷発射管、VLS
乗員：300名

大型対潜艦として設計されたが、防空能力にも優れていたため、様々な任務に使用された。

露　『ソ連極東艦隊南下す』ほか

ソブレメンヌイ級駆逐艦 миноно´сцы956

満載排水量：6,600t
全長：156m／全幅：17.3m
主機関：蒸気タービン2基2軸
速力：32.7kt／主要兵装：130mm連装砲、6連装対潜ロケット発射機、533mm連装魚雷発射管、SSM、SAM／乗員：350名

防空戦と対水上戦に重点を置いて設計された。18番艦以降は中国に売却され、現代級駆逐艦として就役した。

露 『北方領土奪還作戦』

レベッド型エア・クッション艇 проекта1206Кальмар

基準排水量：110t
全長：24.6m／全幅：10.8m
主機関：ガスタービン2基
速力：55kt
主要兵装：12.7mm重機関銃
乗員：6名

イワン・ロゴフ級揚陸艦の搭載艇。新型揚陸艦への搭載も計画されていたが、ソ連解体によって中止された。

露 『北方領土奪還作戦』

ポモルニク型エア・クッション揚陸艦 проекта12322 Зубр

基準排水量：415t／全長：57.6m／全幅：25.6m／主機関：ガスタービン3基
速力：60kt／主要兵装：30mm CIWS、140mm 22連装ロケット弾発射機、4連装SAM発射機／乗員：31名

揚陸艦などに搭載されるのではなく、自力航海が可能な世界最大のエア・クッション艇。揚陸艦の3倍の速度で電撃的奇襲作戦が遂行できる。

露 『日中開戦』ほか

テドンD半没艇 Taedong-D

基準排水量：22t
全長：17m
最大幅：3.3m
速力：水上40kt、水中3kt
乗員：8名
主要兵装：324mm魚雷発射管

工作員潜入用艇。韓国軍により撃沈されたり、座礁して鹵獲されたりしている。

北朝鮮 『半島有事』

ユーゴ型潜水艇
SSM Yugo Class Submarine

排水量：110t／全長：20m／全幅：3m
速力：水上 12kt、水中 8kt
武装：406mm魚雷発射管×２
乗員：４名＋水中工作員 6-7 名
速力：40kt

工作員の潜入用潜水艇。正式名称は不明だが、ユーゴスラヴィア製ではないかということから、ユーゴ型と呼ばれている。

北朝鮮　『石油争覇』

全天候型耐火救命艇
All-Weather Fireproof Lifeboat

全長：6.0m／全幅：2.34m／全高：2.45m
乗員：最大 20 名

タンカーやガス運搬船など火災の危険性がある船に搭載される。炎上海域を脱出するため、ポンプで汲み上げた海水を撒布し艇内温度を下げる機能もある。

日本　『沖ノ鳥島爆破指令』

ゾディアック・ボート　Zodiac Boat

全長：7.23m／全幅：2.74m

ゾディアック社（仏）が開発・販売しているボートの通称。船底が硬質素材でできた複合艇は、岩礁に接触した際も容易に破損しない。

日/中/韓　『虎 07 潜を救出せよ』ほか

無人機雷処分艇　USV

もがみ型護衛艦の搭載艇。ディーゼルエンジン、ウォータージェット推進。危険な掃海作業を自律航行や遠隔操作によって無人で遂行することができる。

日本　『パラドックス戦争』

ゆきかぜ型護衛艦　ゆきかぜ

基準排水量：5,600t
全長：185.4 m
全幅：26.1m
喫水：7.5m

主砲はレールガンで、レーザー近接防空火器も搭載。アクティブ・ステルスにはビジュアル・ステルス・モードもあり、また可動式整流板アンチ・ウェーキ機構でほとんど航跡を引かないため、視認することすら困難。

日本　『新世紀日米大戦』

虎 07 潜水艦

ドイツ製 214 型潜水艦の拡大発展型。虎という名もコードネームであり、艦名ではない。

韓国　『虎 07 潜を救出せよ』

無人潜水艇ゲンゴロウ

最高速度：7kt

6 基の推進機を持ち、前後左右上下、自在に動く。コマンドを最大 4 名搭乗させることが可能。

日本　『虎 07 潜を救出せよ』

ウェーブピアサー型高速輸送船

総トン数：10,712t
全長：112m
最大幅：30.5m
主機関：ディーゼルエンジン 4 基、ウォータージェット推進機 4 基
航海速力：約 36kt

民間の高速貨客船だが、自衛隊が借り上げて使用した。

日本　『半島有事』

パトロール艇ゲロン号

排水量：100t
全長：31.0m
全幅：6.30m
主機関：ディーゼル2基2軸
最大速力：30kt
兵装：12.7mm重機関銃

パラオ共和国沿岸警備隊所属。もとは日本の海上保安庁むらくも型巡視艇。

パラオ 『米中激突』

ヘリ搭載護衛艦ほうしょう

排水量：67,869t
全長：284 m
全幅：73 m
主機関：ガスタービン2基、ディーゼル4基、電気推進式
速力：32kt

イギリスが建造していたクイーン・エリザベス級2番艦プリンス・オブ・ウェールズを日本の自衛隊がリースしたもの。搭載機はF-35B。

日本 『第三次世界大戦』

海亀（タートル）PLAN JARI-USV

人民解放軍の無人輸送潜水艇。燃料電池推進。北斗衛星やグロナス衛星の電波を拾って自律航行する。一応有人でも操縦できるようにはなっている。

中国 『東シナ海開戦』

無人攻撃艇マンタ

制御AIは凝った作りだが、それ以外は枯れた技術の寄せ集めで、価格や量産性を良くしている。敵艦を追尾し、近くに敵がいると錯覚させるデコイ機能も持つ。

日本 『アメリカ陥落』

航空装備一覧

縮尺：1/1000

比べてみました!

いずも型護衛艦　DDH-184 かが（甲板拡張）: 248 m
F-35B ライトニングⅡ戦闘機：15.6m
89 式装甲戦闘車：6.8m
司馬光：1.72 m

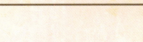

縮尺：約 1/186

■海上自衛隊 P-1 哨戒機

全長：38.0m
全幅：35.4m
全高：12.1m
基本離陸重量：79,700kg
最大速度：996km/h (538knot)
巡航速度：833km/h (450knot)
航続距離：8,000km (4,320nmi)
実用上昇限度：13,520m (44,299ft)
乗員数：搭乗員席 11名 ＋ 予備席 14名

武装　主翼下パイロン８台と胴体ウェポン・ベイに空対艦ミサイル、対潜爆弾、魚雷など9,000kg以上搭載可能
ソノブイは126本搭載

■ドゥームズデイ・プレーン“イカロス”

全長：54.9m
全幅：47.6m
全高：15.9m
基本離陸重量：181,400kg
巡航速度：862km/h (465knot)
航続距離：11,305km (6,105nmi)
実用上昇限度：13,100m (42,979ft)
乗員数：60名

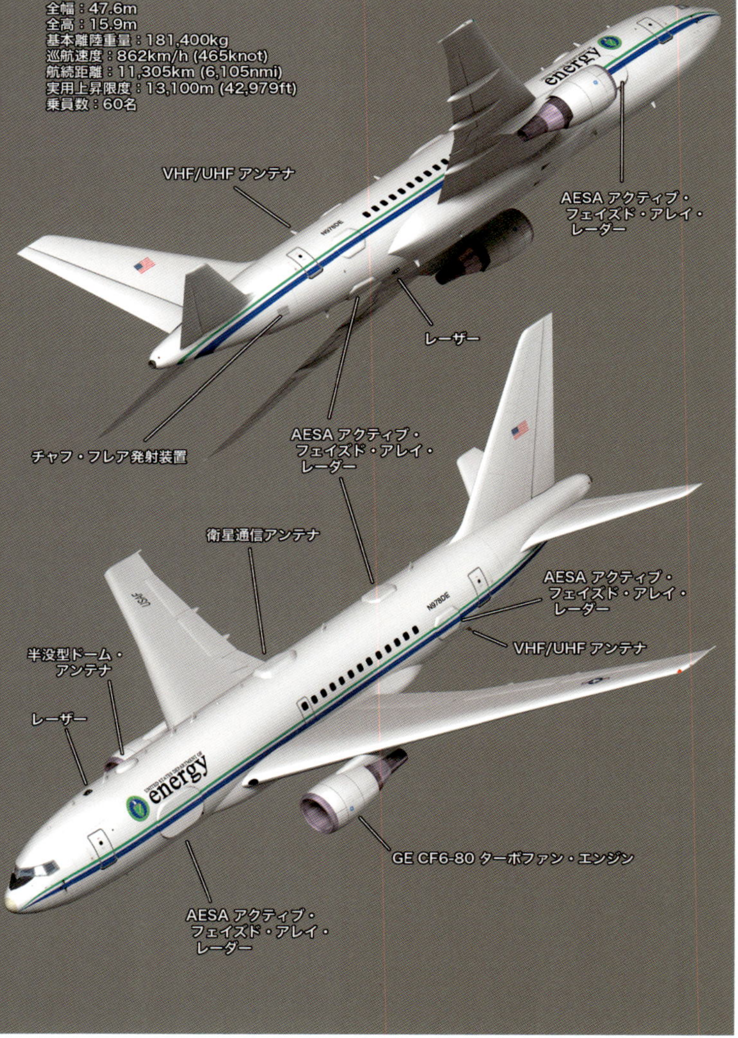

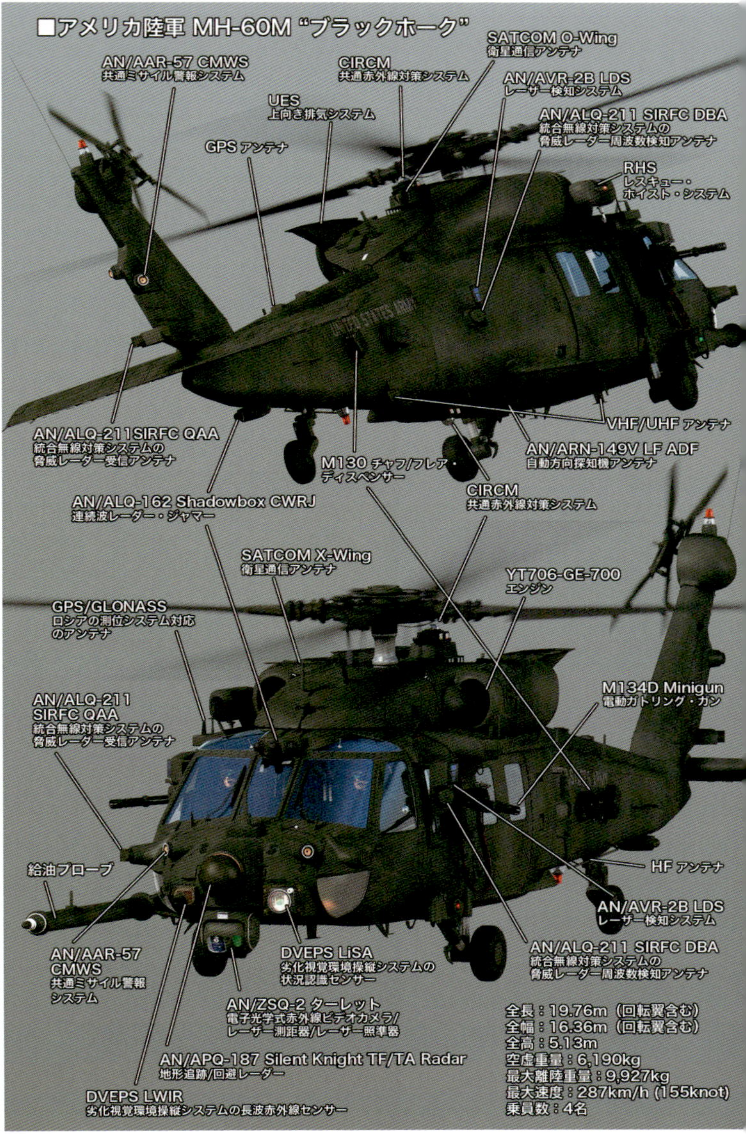
■アメリカ陸軍 MH-60M "ブラックホーク"
SATCOM O-Wing
衛星通信アンテナ
AN/AAR-57 CMWS
共通ミサイル警報システム
CIRCM
共通赤外線対策システム
AN/AVR-2B LDS
レーザー検知システム
UES
上向き排気システム
AN/ALQ-211 SIRFC DBA
統合無線対策システムの
脅威レーダー周波数検知アンテナ
GPS アンテナ
RHS
レスキュー・
ホイスト・システム
AN/ALQ-211SIRFC QAA
統合無線対策システムの
脅威レーダー受信アンテナ
VHF/UHF アンテナ
AN/ARN-149V LF ADF
自動方向探知機アンテナ
M130 チャフ/フレア・
ディスペンサー
CIRCM
共通赤外線対策システム
AN/ALQ-162 Shadowbox CWRJ
連続波レーダー・ジャマー
SATCOM X-Wing
衛星通信アンテナ
YT706-GE-700
エンジン
GPS/GLONASS
ロシアの測位システム対応
のアンテナ
M134D Minigun
電動ガトリング・ガン
AN/ALQ-211
SIRFC QAA
統合無線対策システムの
脅威レーダー受信アンテナ
給油プローブ
HF アンテナ
AN/AVR-2B LDS
レーザー検知システム
AN/AAR-57
CMWS
共通ミサイル警報
システム
DVEPS LiSA
劣化視覚環境操縦システムの
状況認識センサー
AN/ALQ-211 SIRFC DBA
統合無線対策システムの
脅威レーダー周波数検知アンテナ
AN/ZSQ-2 ターレット
電子光学式赤外線ビデオカメラ/
レーザー測距器/レーザー照準器
全長：19.76m（回転翼含む）
全幅：16.36m（回転翼含む）
全高：5.13m
空虚重量：6,190kg
最大離陸重量：9,927kg
最大速度：287km/h（155knot）
乗員数：4名
AN/APQ-187 Silent Knight TF/TA Radar
地形追跡/回避レーダー
DVEPS LWIR
劣化視覚環境操縦システムの長波赤外線センサー

CH-47JA キャリバー　CH-47JA Caliber

開発：ボーイング・バートル社（米）
全長：30.18m
全幅：16.26m
全高：5.69m
離陸重量：約 22t
巡航速度：260km/h
乗員：3 名＋ 55 名

米陸軍用のD型を日本仕様にした初期生産型がJ型、それに航続距離の増大などの改良を加えたものがJA型である。

日本　『日中開戦』ほか

UH-60JA ドアガン飛龍　UH-60JA Doorgun

全長：19.76m
全幅：5.43m
全高：5.13m
離陸重量：11,100kg
最大速度：143kt

米陸軍のナイト・ストーカーズをモデルにスタートした、陸上自衛隊第 107 飛行隊の使用機。12.7mm重機関銃、5.56mm軽機関銃MINIMIで武装している。

日本　『日中開戦』

F-35B ライトニングⅡ戦闘機　F-35B Lightning Ⅱ

開発：ロッキード・マーティン社（米）
全長：15.6m
全幅：10.7m
全高：4.36m
離陸重量：27t
最大速度：マッハ 1.6
乗員：1 名

F-35 シリーズのうち、短距離離陸垂直着陸（STOVL）型。小型空母や強襲揚陸艦での運用が可能。

日本　『第三次世界大戦』ほか

CH-47JA
Caliber

UH-60JA Doorgun

F-35B Lightning Ⅱ

AH-64E アパッチ・ガーディアン戦闘ヘリ AH-64E Apache Longbow

開発：マクドネル・ダグラス社（米）
全長：17.7m
胴体幅：3.28m
全高：4.9m
離陸重量：10,433 kg
巡航速度：143 kn
乗員：2 名

UAV運用能力を持ち、大量のヘルファイア・ミサイルを発射することができる。装甲も強化されておりアパッチ・シリーズの完成型と言われている。

日本/台湾　『第三次世界大戦』ほか

F-15EX イーグルⅡ戦闘機　F-15EX Eagle Ⅱ

開発：ボーイング社（米）
全長：19.446 m
全幅：13.045 m
全高：5.64 m
離陸重量：36t
最大速度：マッハ 2.5
乗員：2 名

エンジンやアビオニクスが換装され、初期型のF-15 から大幅に性能が向上しており、いくつかの点ではF-35 にも優っているという。

日本　『東シナ海開戦』ほか

V-22 ブラック・オスプレイ　V-22 Black Osprey

開発：ベル・ヘリコプター社（米）、ボーイング・バートル社（米）
全長：17.48 m
全幅：25.776m
全高：6.73m
離陸重量：21,546 kg（垂直離陸）、24,948 kg（滑走離陸）
最大速度：305 kn
乗員：3-4 名

出荷前整備中だった機体を急遽現地受領し、その際余っていた塗料を使用したために真っ黒な機体となってしまった。

日本　『アメリカ陥落』

AH-64E Apache Longbow

F-15EX Eagle Ⅱ

V-22 Black Osprey

P-3C オライオン哨戒機　P-3C Orion

開発：ロッキード社（米）
全長：35.6m／全幅：30.4m／全高：10.3m
離陸重量：約 56t
最大速度：395kt
乗員：11 名

L-188 エレクトラ旅客機をもとに開発された。C型は 48 基のソノブイ発射口を持ち、潜水艦探知能力が強化されている。

日本　『戦略原潜浮上せず』ほか

F-15J イーグル戦闘機　F-15J Eagle

開発：マクドネル・ダグラス社（米）
全長：19.4m／全幅：13.1m／全高：5.6m
離陸重量：約 30t
最大速度：マッハ 2.5
乗員：1 名

米空軍用のC型をもとに航空自衛隊仕様に改設計され、日本が独自開発した電子機器も多く搭載されている。

日本　『戦略原潜浮上せず』ほか

UH-60 ブラックホーク汎用ヘリ UH-60 Black Hawk

開発：シコルスキー・エアクラフト社（米）
全長：15.88m／全幅：4.80m／全高：5.69m
離陸重量：約 8t
最大速度：約 163kt
乗員：5 名＋ 48 名

多彩な用途に対応できる機体として、世界 20 か国以上で運用されている。

国連軍　『第二次湾岸戦争』

CH-47J チヌーク輸送ヘリ CH-47J Chinook

開発：ボーイング・バートル社（米）
全長：30.18m／全幅：16.26m／全高：5.69m
離陸重量：約 22t
巡航速度：260km/h
乗員：3 名＋ 55 名

日本向けであるJ型は米陸軍用のD型とほぼ同じだが、無線機器や機内装備が陸自仕様に変更されている。

日本　『第二次湾岸戦争』ほか

F-2A 支援戦闘機
F-2 Support Fighter

開発：ロッキード・マーティン社（米）、三菱重工業（日）
全長：15.5m／全幅：11.1m／全高：5.0m
離陸重量：約 22t／最大速度：マッハ 2
乗員：1 名

F-16Cをベースにしているものの、機体構造に新素材を採用し、また電子機器の大半が日本独自開発のものとなっている。

日本　『北方領土奪還作戦』ほか

アブロ・ランカスター爆撃機
Avro Lancaster

開発：A・V・ロー（アブロ）社（英）
全長：21.18m／全幅：31.09m／全高：6.10m
離陸重量：約 28t
最高速度：462km/h
乗員：7 名

第二次世界大戦時の重爆撃機。英連邦諸国などで 1960 年代まで使用されていた。

英国　『アメリカ分断』ほか

SH-60K 哨戒ヘリ

開発：シコルスキー・エアクラフト社（米）、三菱重工業（日）
全長：19.8m／全幅：16.4m／全高：5.m
全備重量：10,872kg／最大速度：約 139kt
乗員：4 名

SH-60 をベースに、海上自衛隊の要望を取り入れ日本で開発された型。機体は拡張され、エンジンも強化されて海上での救難・捜索活動のための機材が多数搭載された。

日本　『対馬奪還戦争』ほか

UH-1H ヒューイ汎用ヘリ　UH-1H Huey

開発：ベル・エアクラフト社（米）
全長：17.39m／胴体幅：2.62m／全高：4.41m
離陸重量：約 4t
最大速度：124kt
乗員：4 名

当初は輸送用として開発されたが、優秀な性能が認められ攻撃や哨戒など様々な任務にも用いられるようになった。

米国　『戦略原潜浮上せず』ほか

C-2 輸送機

開発：川崎重工業（日）
全長：43.9m／全幅：44.4m／全高：14.2m
離陸重量：141t
最大速度：マッハ 0.82
乗員：3 名

C-1 の後継として開発されたが、航続距離は 4 倍、搭載重量は約 3 倍と、大幅に強化されている。

日本　『半島有事』ほか

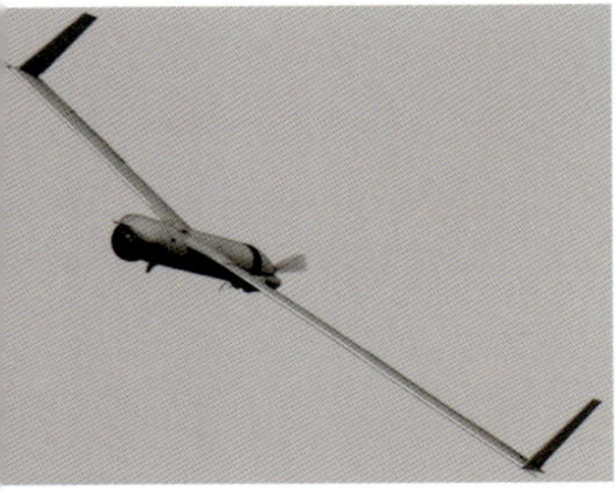

スキャンイーグル無人航空機 ScanEagle UAV

開発：ボーイング・インシツ社（米）
全長：1.55m／全幅：3.11m
離陸重量：22kg
最大速度：79kt

もともと民間で魚群探知などに使用されていたシースキャンUAVを転用したもの。低コストで偵察が行えるとあって、瞬く間に世界に広まった。

日本　『米中激突』ほか

GBU-44/B バイパーストライク誘導爆弾 GBU-44/B Viper Strike

開発：ノースロップ・グラマン（米）
全長：0.9m／直径：14cm
弾頭重量：1.05kg
誘導方式：GPS、レーザー

目標を自ら探知して突入するスタンドオフ能力を持つため、輸送機や無人機からの発射が可能になっている。

米国　『米中激突』ほか

EH101 警視庁大型ヘリ「あおぞら」

開発：アグスタ社（伊）、ウエストランド社（英）
全長：22.83m／胴体幅：4.6m／全高：6.66m
離陸重量：15.6t
巡航速度：278km/h
乗員：2 名＋ 30 名

海軍用輸送ヘリの民間転用型。開発した 2 社がのちに合併してアグスタウエストランド社になった際にAW-101 と改名されている。

日本　『日中開戦』ほか

F-4EJ 改ファントムⅡ
F-4EJ Kai PhantomII

開発：マクドネル・エアクラフト社（米）、三菱重工（日）
全長：19.20m／全幅：11.71m／全高：5.02m
離陸重量：約 20t／最大速度：マッハ 2.2
乗員：2名

航空自衛隊仕様であるEJ型の能力向上と耐用年数の延長をはかった機体。既存の機体を改修して各部の補強や電子機器等の更新がなされた。

日本　『北方領土奪還作戦』ほか

KJ-2000 早期警戒管制機
空警-2000 空中预警与指挥控制飞机

開発：イリューシン設計局（露）、中国航空工业集团公司（中）
全長：49.59m／全幅：50.50m
全高：14.76m
離陸重量：195t
最大速度：850 km/h

Il-76 をもとに中国独自のシステムを組み込み開発した。NATOコードネームは「メインリング」。

中国　『日中開戦』ほか

TH-135 練習ヘリ

開発：ユーロコプター・グループ社（仏）
全長：12.16m／全幅：10.2m／全高：3.51m
離陸重量：2,950kg
最大速度：140kt
乗員：5名

小型ながら計器飛行にも対応しており、練習機に適しているとされて海上自衛隊に採用された。

日本　『日中開戦』

Z-19「黒旋風」攻撃ヘリ
直-19 武装直升机「黑旋风」

開発：哈爾濱飛機工業集団有限責任公司（中）
全長：12m／全幅：1.05 m／全高：4.01m
離陸重量：4,500kg
巡航速度：245km/h
乗員：2名

前後ともローターは静音性を重視した設計になっており、小型の機体と相まって隠密性が高いと言われている。

中国　『日中開戦』

A-10C サンダーボルトⅡ攻撃機
A-10C Thunderbolt II

開発：フェアチャイルド・リパブリック社（米）
全長：16.26 m／全幅：17.53 m／全高：4.47 m
離陸重量：20,865 kg／最大速度：381 kn
乗員：1名

近接航空支援専用に開発されたため、他に類を見ない防弾性能と頑強性を備えており、地上からこの機体を撃墜することは非常に困難である。

米国　『第三次世界大戦』

J-31（FC-31）ステルス戦闘機
FC-31 隐形战斗机

開発：瀋陽飛機設計研究所（中）
全長：17.3m／全幅：11.5m／全高：4.8m
離陸重量：28t
最大速度：マッハ1.8
乗員：1名

輸出を視野に入れて開発されたとも言われるが、本機は試作機にとどまり、さらに改良を加えたJ-35へ発展した。

中国　『第三次世界大戦』

Su-57（T-50 PAK FA）戦闘機　Су-57

開発：スホーイ社（露）
全長：20.1 m／全幅：14.1 m
全高：4.6 m
離陸重量：35t
最大速度：マッハ2
乗員：1名

Mig-29やSu-27の後継として開発された第五世代戦闘機。ウクライナ戦争の影響により生産が滞っていると言われている。

露　『第三次世界大戦』

AH-1Z ヴァイパー攻撃ヘリ
AH-1Z Viper

開発：ベル・ヘリコプター社（米）
全長：17.75 m／全高：4.37 m
離陸重量：8t
巡航速度：160 kn
乗員：2名

米海兵隊向けに開発されたため、ローターの折り畳みなどの艦載運用のための機構を備えている。

米国　『第三次世界大戦』ほか

UH-1Y ヴェノム汎用ヘリ
UH-1Y Venom

開発：ベル・ヘリコプター社（米）
全長：17.78 m／全高：4.45 m
離陸重量：8t
巡航速度：182 mph
乗員：2 名

UH-1N ツインヒューイの近代化改造型。AH-1Zとの部品共通化が図られ、運用面での利点が大きいという。

米国 『第三次世界大戦』ほか

MQ-9 リーパー無人攻撃機
MQ-9 Reaper

開発：ジェネラル・アトミックス・エアロノーティカル・システムズ社（米）
全長：11 m／全幅：20 m
離陸重量：4,760 kg／最大速度：260 kt
遠隔操作員：2 名

RQ-1 プレデターの機体を大型化、ターボプロップエンジンを搭載した。遠隔操作には 2 名があたり、それぞれ操縦とセンサー監視を担当する。

米国 『第三次世界大戦』

F-15K スラム・イーグル戦闘爆撃機
F-15K Slam Eagle

開発：マクドネル・ダグラス社（米）
全長：19.44m／全幅：13.05m／全高：5.63m
離陸重量：36,740kg
最大速度：マッハ 2.5
乗員：2 名

韓国空軍向け戦闘爆撃機型。E型をベースに、対地攻撃能力が強化されている。

韓国 『覇権交代』

J-20 戦闘機　歼-20 战斗机

開発：中国航空工业集团公司（中）
全長：21.2m／全幅：13.01m／全高：4.69m
離陸重量：36t
最大速度：マッハ 2
乗員：1 名
（データは推定値）

アジア初の第 5 世代戦闘機。複座のS型は 3 機の無人機運用能力を持つという。

中国 『覇権交代』ほか

「暗剣《ダーク・ソード》」無人戦闘機
《暗剣》无人战斗机

開発：瀋陽飛機設計研究所（中）
全長：15 m／全幅：14 m
離陸重量：15,000 kg
最大速度：マッハ1

航空ショーにて発表されたが、実機についてはまだ謎に包まれている。

中国　『覇権交代』

GJ-11「利剣《シャープ・ソード》」ステルス無人攻撃機　《利剑》隐身无人攻击机

開発：瀋陽飛機設計研究所（中）
全長：12.2m／全幅：14.4m／全高：2.7m
離陸重量：10t

J-20S戦闘機の随伴機としても運用されると発表されている。

中国　『覇権交代』

F-35C ライトニングII艦上戦闘機
F-35C Lightning II

開発：ロッキード・マーティン社（米）
全長：15.7 m／全幅：13.1 m／全高：4.48 m
離陸重量：32t／最大速度：マッハ1.6
乗員：1名

F-35シリーズの艦上機型。他の型よりも各翼が大型化しており、主翼には折り畳み機構を持ち、前脚はカタパルト発進用のランチバーが備わっている。

日本　『オルタナ日本』

F-16A ファイティング・ファルコン戦闘機　F-16A Fighting Falcon

開発：ジェネラル・ダイナミクス社（米）
全長：15.1 m／全幅：9.45 m／全高：5.08 m／離陸重量：20t／最大速度：マッハ2
乗員：1名

主力戦闘機を補助する小型戦闘機との構想で開発されたが、安価で運用の容易さが好評を博し、米空軍への納入が終了した後も輸出用に改良され売れ続けている。

台湾　『東シナ海開戦』

Z-18A 輸送ヘリ　直-18A

開発：シュド・アビアシオン（仏）、昌河飛機工業集団有限公司（中）
全長：23m／全高：7m
離陸重量：13.8t
最大速度：366km/h

フランスのAC313をもとに開発された。ローター等を折り畳めるようになっているため、艦載運用も可能。

中国　『東シナ海開戦』

KJ-600 早期警戒機
空警-600 舰载预警机

開発：西安飛機工業公司（中）
全長：18.14 m／全幅：25 m／全高：5.72 m
離陸重量：30t
最大速度：374 kn

Y-7 輸送機をもとに、空母での運用も想定されて開発された。

中国　『東シナ海開戦』ほか

F-16V 戦闘機　F-16V(Block70)

開発：ロッキード・マーティン社（米）
全長：15.027 m／全幅：9.449 m／全高：5.090 m
離陸重量：21t
最大速度：マッハ2
乗員：1名

既存の機体を近代化改修するBlock 70 が新規製造機にも適用されることになり、改修機を含めてV型と呼称されることになった。

台湾　『東シナ海開戦』ほか

ミグ-21 Mig-21　МиГ-21

開発：ミグ設計局（露）
全長：13.46m／全幅：7.15m／全高：4.71m
離陸重量：6,850kg
最大速度：2,125km/h
乗員：1名

ソ連製だけでも1万機以上も製造された東側ベストセラー戦闘機。中国などでも大量にライセンス生産された。

露　『東シナ海開戦』

CH-53K キングスタリオン輸送ヘリ
CH-53K King Stallion

開発：シコルスキー・エアクラフト社（米）
全長：30.2m／全幅：5.33m／全高：8.659m
離陸重量：39t
巡航速度：170kt
乗員：5名

E型をもとに、エンジンの強化と機体の大型化などの大幅な変更を加えて搭載量を増やすことに成功した。

米国　　『東シナ海開戦』

US-2 救難飛行艇

開発：新明和工業（日）
全長：33.3m／全幅：33.2m／全高：33.3m
全備重量：約47t
最大速度：315kt
乗員：11名

波高3mでも着水可能な世界唯一の高性能機。飛行場のない離島への緊急輸送任務には最適。

日本　　『東シナ海開戦』

XQ-58 ヴァルキリー無人航空機
Valkyrie UCAV

開発：クラトスディフェンス&セキュリティソリューション（米）
全長：9.1m／全幅：8.2m
離陸重量：2,722kg
最大速度：マッハ0.8

遠隔操縦ではなく、AIによる自律行動によって有人機を護衛し、また情報収集・索敵能力を拡大する。

米国　　『東シナ海開戦』

Ka-52K カトレン攻撃ヘリ
Ka-52K Катран

開発：カモフ社（露）
全長：13.50m／全高：4.90m
離陸重量：10,400kg
巡航速度：260km/h
乗員：2名

K型はロシア海軍向けにローターの折り畳み機構や不時着水への対応がなされている。中国海軍でも本機を強襲揚陸艦等に搭載する。

中国　　『台湾侵攻』

RC-135S コブラ・ボール偵察機
RC-135S Cobra Ball

開発：ボーイング社（米）
全長：41.53 m／全幅：39.88 m／全高：12.70 m
離陸重量：146,284 kg
最大速度：504 kt

C-135 ストラトリフター輸送機をもとに開発された。弾道ミサイルの情報を収集する。

米国　『台湾侵攻』

アントノフ 2 型輸送機
Antonov An-2

開発：アントノフ設計局（蘇）
全長：12.40m／全幅：18.2m／全高：4.10m
離陸重量：5.5t
最大速度：253km/h
乗員：1-2 名／乗客：12 名

もともと民生用に開発された汎用機。小型で低速なことが被発見率を下げると言われ、特殊部隊の隠密潜入などにも使われたという。

——　『台湾侵攻』

J-35 艦上戦闘機　歼-35 舰载战斗机

開発：瀋陽飛機工業集団（中）
全長：17.6 m／全幅：13.4 m
離陸重量：35t
最大速度：マッハ 2.2

技術実証機、あるいは輸出用試作機であったJ-31 を自国向けに発展させた第五世代戦闘機。

中国　『アメリカ陥落』

ツポレフ 95RTベアD　Tu-95RT

開発：ツポレフ設計局（蘇）
全長：49.13m／全幅：50.04m／全高：13.40m
離陸重量：188t
最大速度：448kn
乗員：6-7 名

ソ連製傑作爆撃機から派生した海軍向け長距離偵察型。他機や艦船から発射されたミサイルの中間誘導をすることも可能。

露　『アメリカ陥落』

二〇式超音速巡航戦闘機　震電

菱川重工業の開発した次期主力艦上戦闘機。味方のAWACSにさえ探知されない高いステルス性能を持つ。無人機型もある。

――　『新世紀日米大戦』

AL-1 エアボーン・レーザー　ヤマタノオロチ

開発：川崎重工業（日）

自衛隊初のレーザー兵器搭載機。P-1哨戒機の爆弾倉を改造し、レーザー専用のターボファン・エンジンとジェネレーターを搭載。速度を落とし、エンジン２発分の電力もレーザーへと回していた。

――　『第三次世界大戦』ほか

AH-64A レーザー・ストライク
AH-64A Laser Strike

米陸軍開発のレーザーガン・ポッドを装備したロングボウ・アパッチ。ドローンやミサイルを撃墜できる。

――　『第三次世界大戦』

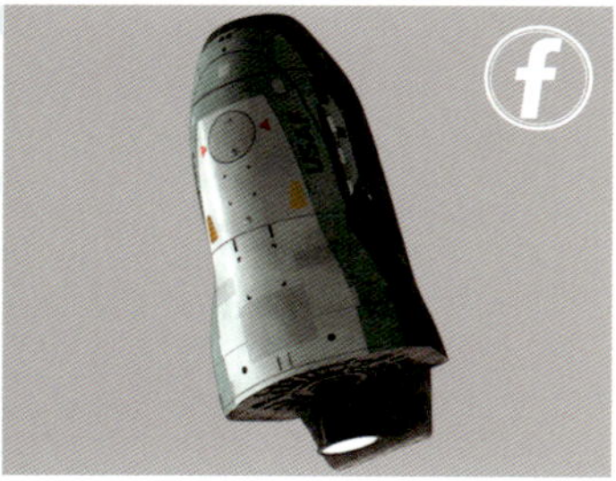

ペガサス　Pegasus

乗員：最大６名（パイロットを含む）

コマンドをピンポイントで狙った場所に送り込むための弾道飛翔体。ある程度の操縦は可能。

――　『第三次世界大戦』

M-7 日本国政府専用機
M-7 Japanese Air Force One

開発：三菱航空機、IHI

別の歴史を辿った日本で開発された、ワイドボディ旅客機。日本政府は４機を保有しており、それぞれ国民から募集した名前がつけられている。一番機は“織姫”二番機は“彦星”。

—— 『オルタナ日本』

MH-2000B 汎用ヘリ

開発：三菱重工業

別の歴史を辿った日本において、汎用中型ヘリとして生産され続けている。静穏装置の発展により、ヘリ特有の騒音がほとんどしない静かな機体となっている。

—— 『オルタナ日本』

ショート・スカイバン汎用輸送機
Short SC.7 Skyvan

開発：ショート・ブラザーズ社（英）

全長：12.21m／全幅：19.79m／全高：4.60m

離陸重量：5,670kg／最大速度：175kt

乗員：1-2 名

STOL性能に優れた短距離離用輸送機。箱型の広いキャビンと大きな後部ハッチという仕様は、スカイダイビングの母機として人気が高い。

—— 『オルタナ日本』

Y-9X 哨戒機

全長：36.065 m／全幅：38 m

Y-9 輸送機をもとに、最新の対潜システムを搭載した機体。海面の盛り上がりを探知できるLiDARも搭載し、合成開口レーダーや逆合成開口レーダーよりもはるかに精確に、潜航中の潜水艦を探知することができる。

中国 『東シナ海開戦』ほか

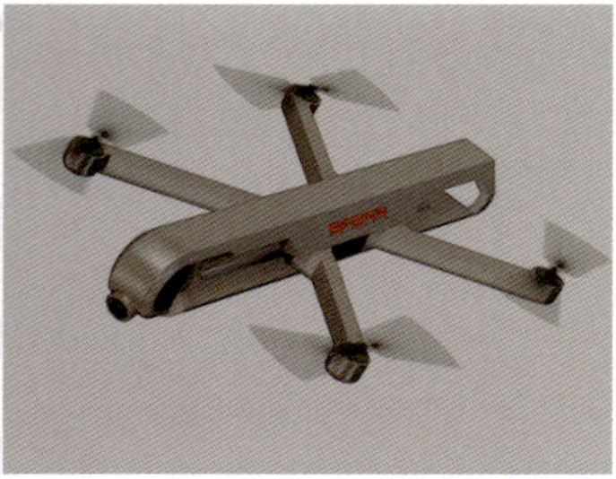

Ninox40

開発：SpearUAV（以）
外径：40mm／全長：310mm／重量：0.5kg
ペイロード：0.2-0.24kg
進出可能距離：4km
飛行時間：40分

イスラエルのSpearUAV社が開発した特殊な偵察ドローン。専用カプセルから発進し、AI自律飛行により情報収集することができる。

日本　『東シナ海開戦』

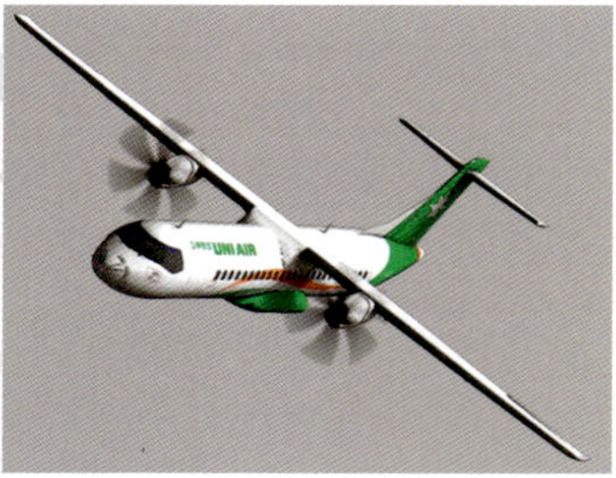

ATR72-600 旅客機

開発：ATR社（仏、伊）
全長：27.17m／全幅：27.05m
全高：7.65m
離陸重量：22,800kg
巡航速度：275kt
乗員：4名

ATR 42の拡大発展型リージョナルジェット。ダッシュ600はエンジンの換装およびグラスコクピット化がされている。

台湾　『東シナ海開戦』

CH-802 無人偵察機

全長：1.75m／全幅：3m
重量：6.5kg
荷重：1kg
航続時間：2.5h
巡航高度：300-1000mm
最大高度：3000m
行動半径：10-35km

手投げ式UAV。兵士ひとりで運搬でき、5分で組立て可能。

中国　『東シナ海開戦』

NGAD 次世代制空戦闘機

垂直尾翼はなく、機体の制御は推力偏向ノズルや補助翼で行う。UHFレーダーにさえ捉えられないステルス能力と、F-22やF-35をも凌駕する空戦性能を併せ持つ。スーパークルーズ・モードではマッハ2で20分以上飛び続けられる。向かってくるミサイルのシーカーを焼き切る防空用レーザーも装備。

――　『パラドックス戦争』

個人装備一覧

ゲパードGM6 Lynx 対物狙撃銃　Gepard GM6 Lynx

口径：12.7mm
全長：928-1,126mm
銃身長：730mm
重量：11,500g
装弾数：5/10+1発

移動時には銃身を後退させて全長を短くすることができる。
比嘉が使用する対物ライフル。
『米中激突』

ベネリM3 スーパー 90 散弾銃　Benelli M3 Super 90

口径：12ゲージ
全長：1,041mm
銃身長：502mm
重量：3,450g
装弾数：7発
有効射程：70m

セミオート／ポンプアクション切替機能付き。狩猟用にも販売されている。
『ピノキオ急襲』

タクティカルDSR1 狙撃銃　Tactical DSR1 Sniper

口径：0.338インチ
全長：990mm
銃身長：650mm
重量：5,900g
装弾数：4発
有効射程：1,400m（.338ラプアマグナム弾）

ドイツ警察特殊部隊GSG-9の装備するブルパップ式ボルトアクション銃。
田口が使用する。
『ピノキオ急襲』ほか

Gepard GM6 Lynx

Benelli M3 Super 90

Tactical
DSR1 Sniper

M32 擲弾発射器

口径：40 × 46mm
全長：711-813mm
銃身長：305mm
重量：1,360g
装弾数：6 発
有効射程：375m

回転式弾倉を持ち連射可能なグレネード・ランチャー。サイレント・コアの標準装備。

『ピノキオ急襲』

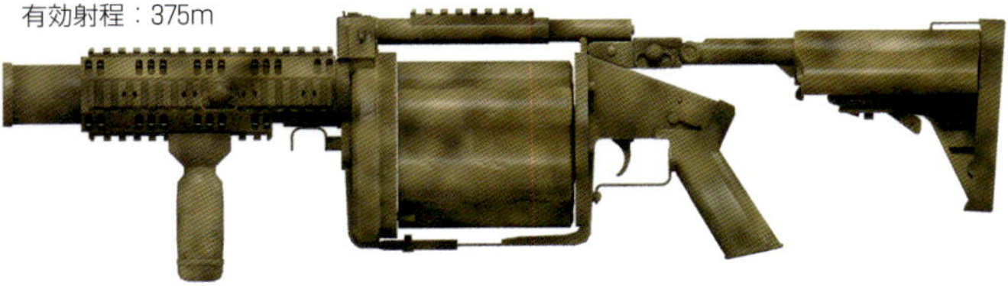

HK416A5 アサルトライフル

口径：5.56mm
全長：690-1,037mm
銃身長：228-508mm
重量：3.1-4.2kg
装弾数：30 発
有効射程：300m

開発はM4 カービンの改良から始まったが、モデルA5 には全面改修が加えられた。サイレント・コアの標準装備。

『第三次世界大戦』

HK417A2 自動小銃

口径：7.62mm
全長：804/884mm
銃身長：305mm
重量：3,990g
装弾数：10/20 発

対テロ戦において 7.62mmライフルが再評価されたのを受けて開発された。

『日中開戦』ほか

M32 擲弾発射器

HK416A5
アサルトライフル

HK417A2 自動小銃

VSS ヴィントレス消音狙撃銃　BCC Винторез

口径：9mm
全長：894mm
銃身長：200mm
重量：2,600g
装弾数：10/20 発
有効射程：400m

銃身に見える部分のほとんどが実はサプレッサーで、専用弾丸を使用することで電動エアガン程度の発砲音しかしないという。

『東シナ海開戦』

FNエヴォリス軽機関銃　FN Evolys

口径：7.62mm
全長：925/1,025mm
銃身長：406mm
重量：6,200g
装弾数：50 発
有効射程：1,000m

市街地での機動戦を想定し、ミニミよりも軽量化しつつ反動の低減にも成功している。

『台湾侵攻』ほか

バレット Mk22 狙撃銃　Barrett Mk22 MRAD

口径：7.62mm他
全長：1,077/1,229/1,255mm
銃身長：508/660/686mm
重量：6,300/7,000/7,000g
装弾数：10 発

部品交換によって容易に口径や使用弾薬を変更することが可能。部品交換は 2 分で完了するという。

『アメリカ陥落』

ВСС Винторез

FN Evolys

Barrett Mk22 MRAD

豊和 89 式小銃

口径：5.56mm
全長：670mm
銃身長：420mm
重量：3,500g
装弾数：20/30 発
有効射程：400m

自衛隊制式小銃。空挺隊員や車両要員向けに折り畳み銃床タイプもある。

『第二次湾岸戦争』ほか

豊和 20 式小銃

口径：5.56mm
全長：779/851mm
銃身長：330mm
重量：3,500g
装弾数：30 発
有効射程：500m

自衛隊制式小銃。日本人の体格に鑑み、アサルトライフルとしては短めになっている。

『アメリカ陥落』

HK G3A4 アサルトライフル

口径：7.62mm
全長：1,023mm
銃身長：450mm
重量：4,750g
装弾数：20 発

一部の部品をプラスチック製にし、伸縮式銃床を装着したモデル。

初期サイレント・コアの海外遠征用標準装備。

『アジア覇権戦争』

HK G36 アサルトライフル

口径：5.56mm
全長：1,000mm
銃身長：510mm
重量：3,250g
装弾数：30 発

ドイツ連邦軍制式小銃。なぜかAK74用銃剣の装着が可能。

『石油争覇』

HK G36C アサルトライフル

口径：5.56mm
全長：500/720mm
銃身長：228mm
重量：2,820g
装弾数：30/100 発

銃身を切りつめた特殊部隊モデル。

サイレント・コアのC装備（従来型戦闘）。

『魚釣島奪還作戦』ほか

HK G41 アサルトライフル

口径：5.56mm
全長：800-996mm
銃身長：450mm
重量：4,100g
装弾数：20/30/40 発

高価な銃として有名で、冷戦終結期だったこともあり、採用した国は少ない。

『第二次湾岸戦争』

AK-12SP アサルトライフル

口径：5.45mm
全長：922mm
銃身長：415mm
重量：3.6kg
装弾数：30～60 発
有効射程：440m

第五世代AKライフルの、ロシア軍特殊部隊仕様。グリップやストックに、狙いを付ける際に保持しやすい工夫が凝らされており、右利き左利き両方に対応している。『アメリカ陥落』

SIG SG556 アサルトライフル

口径：5.56mm
全長：663/911mm
銃身長：406mm
重量：3,700g
装弾数：30 発

スイス軍向けに開発された。機構的にはAK47 に似ているという。

『対馬奪還戦争』

FN スカー アサルトライフル　FN SCAR-L

口径：5.56mm
全長：635-889mm
銃身長：355mm
重量：3,290g
装弾数：20/30
発射速度：550-600 発/min
有効射程：500m

米軍特殊部隊が使用。グリップまわりをM16 と同じ作りにして使用感を似せている。

『米中激突』

C8A1 カービン　C8A1 Carbine

口径：5.56mm
全長：1,006mm
銃身長：508mm
重量：2,680g
装弾数：20/30 発
有効射程：550m

コルトカナダ社によるM16A3 の改良型。

『アメリカ陥落』

M4A1 カービン　M4A1 Carbine

口径：5.56mm
全長：851mm
銃身長：368mm
重量：2,680g
装弾数：20/30 発
初速：905m/sec
有効射程：500m

近接戦への対応と兵士負担軽減のため、M16 を小型軽量化する方向で開発された。

『アメリカ陥落』

K2 アサルトライフル

口径：5.56mm
全長：730/970mm
銃身長：465mm
重量：3,370g
装弾数：30 発
有効射程：600m

韓国軍主力小銃。折り畳みストックを備え、アルミやプラスチックを多用することで軽量化もはかっている。

『対馬奪還戦争』ほか

03式自動小銃 QBZ-03

口径：5.8mm
全長：725/950mm
銃身長：440mm
重量：3,500g
装弾数：30/75発
有効射程：500m

当初は95式自動小銃の派生型として計画されたが、改造しすぎて別物になってしまった。

『米中激突』

192型自動小銃 QBZ-192

口径：5.8mm
銃身長：267 mm
装弾数：30/75発

プルパップ式が兵士には不評だった95式小銃と置き換えられつつある。

『東シナ海開戦』

95式自動小銃 QBZ-95

口径：5.8mm
全長：745mm
銃身長：463mm
重量：3,250g
装弾数：30/75発
有効射程：400m

プルパップ式、中国独自の5.8mm弾を使用という特異な銃。

『台湾侵攻』

スプリングフィールドM14自動小銃 Springfield M14 Rifle

口径：7.62mm
全長：1,126mm
銃身長：559mm
重量：4,900g
装弾数：8/20発
有効射程：800m

M1ガーランドに代わり米軍の主力小銃となった。フルオート射撃も可能。

『首相専用機を追え！』

M1 ガーランド　M1 Garand

口径：7.62 × 51mm
全長：1,108mm
銃身長：610mm
重量：4,300g
装弾数：7 発
有効射程：457m

第二次大戦前後の米軍主力小銃。セミオートマチック。

『第三次世界大戦』

M27 IAR 自動小銃

口径：5.56mm
全長：84/94mm
銃身長：420mm
重量：3,600g
装弾数：30/100 発
有効射程：550m(点目標) 800m(面目標)

対テロ戦や市街戦などでは、分隊支援火器の射手が狙われやすかったため、小銃と見分け難い小型支援火器として開発された。

『覇権交代』ほか

AK47 自動小銃

口径：7.62mm
全長：890mm
銃身長：415mm
重量：3,900-4,300g
装弾数：30 発
有効射程：300-400m

信頼性と耐久性に優れたAKシリーズの初期型。

『石油争覇』

AKS 自動小銃

口径：7.62 mm
全長：645-870mm
銃身長：415mm
重量：3,900-4,300g
装弾数：30 発
有効射程：300-400m

AK47 の折り畳み銃床タイプ。空挺部隊や車両兵などに支給された。

『戦略原潜浮上せず』

AKM 自動小銃

口径：7.62mm
全長：898mm
銃身長：436mm
重量：3,290g
装弾数：30 発
有効射程：400m

ソビエト連邦軍制式小銃。AK47 を軽量化し生産性も高めた。

『戦略原潜浮上せず』

AKS74M 自動小銃

口径：5.45mm
全長：705/945mm
銃身長：415mm
重量：3,400g
装弾数：30 + 1 発
有効射程：650m

AKシリーズ近代化改修型であるAK74Mの折り畳みストックモデル。

『北方領土奪還作戦』

AKS74U 自動小銃

口径：5.45mm
全長：730mm
銃身長：210mm
重量：2,730g
装弾数：20 発
連射速度：800 発/min

AKS74Mの銃身を切り詰めたカービン銃タイプ。KGBでも採用された。

『環太平洋戦争』

AK-9 消音突撃銃

口径：9mm
全長：705mm 881mm(サプレッサー付)
465mm(折畳時、サプレッサー無)
銃身長：200mm
重量：3,800g
装弾数：20 発
有効射程：400m／最大射程：424m

ロシア特殊部隊用。9 × 39mm亜音速弾の使用で、ボディ・アーマーを貫通できるとしている。

『謎の沈没船を追え！』

バヨネット　HK G3 Bayonet

全長：305mm
刃渡：165mm

G3アサルトライフルの銃身の上に取り付ける銃剣。

『環太平洋戦争』ほか

ロシア軍用バヨネット　6Kh3

全長：279mm
刃渡：148mm
刃幅：30mm
重量：285g

AKM用銃剣。ロシア系の銃剣は、鞘先端の金具をブレードの穴に通すことでワイヤーカッターとして使用できる。

『核物質護衛艦隊出撃す』

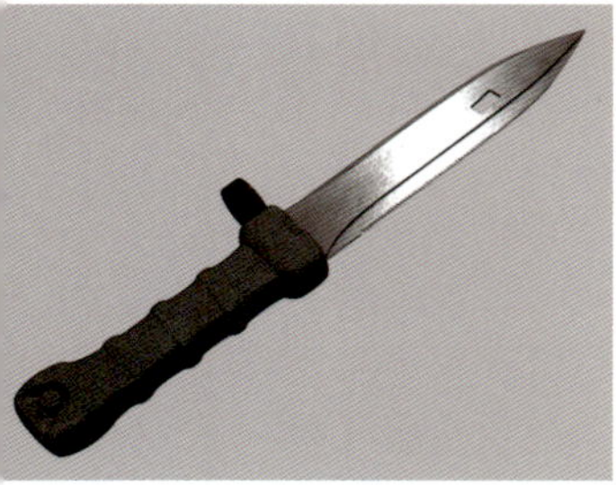

ロシア軍用バヨネット　6Kh5

全長：288mm
刃渡：158mm
重量：250g

AK74、AK74M、AK-12に装着できる銃剣。

『原油争奪戦争』

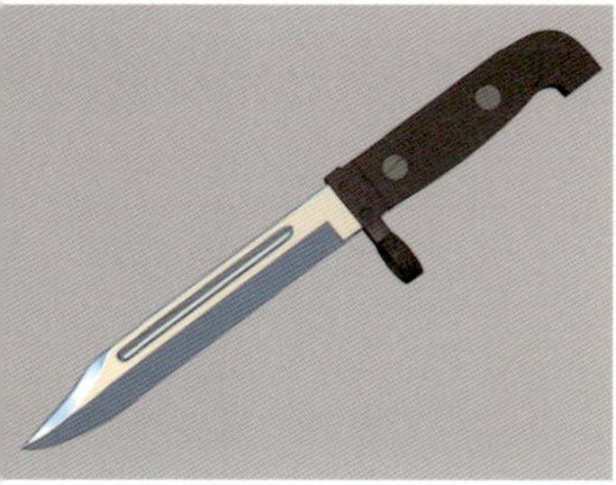

北朝鮮軍用バヨネット

全長：298mm
刃渡：165mm

AKMをライセンス生産した68式自動小銃の銃剣。

『石油争覇』

コルト M4 カービン
Colt M4 Carbine

口径：5.56mm
全長：760-840mm
銃身長：510mm
重量：3,500g
装弾数：30 発

M16 を小型化した小銃。米陸軍のちに海兵隊も採用した。

『石油争覇』

アキュラシー AS50 対物狙撃銃
Accuracy International AS50

口径：12.7mm
全長：1,350mm
銃身長：686mm
重量：13,600g
装弾数：5 発
有効射程：1,800m

英軍と米海軍特殊部隊用に、ボルトアクションのAW50 をセミオート化したモデル。

『石油争覇』ほか

ブッシュマスター XM15-E2S カービン
Bushmaster XM15-E2S

口径：5.56mm
全長：826mm
銃身長：406mm
重量：2,722g
装弾数：30＋1 発

AR-15／ M4A1 の互換銃だが、フルオート射撃はできない。

『合衆国再興』

ブローニング M2 重機関銃
Browning M2 Caliver

口径：12.7 mm
銃身長：1,143 mm
全長：1,645 mm
重量：38.1 kg

1933 年制式からいまだに生産され続ける名機関銃。口径が 0.50 インチであることからフィフティー・キャリバーとも呼ばれる。

『アジア覇権戦争』ほか

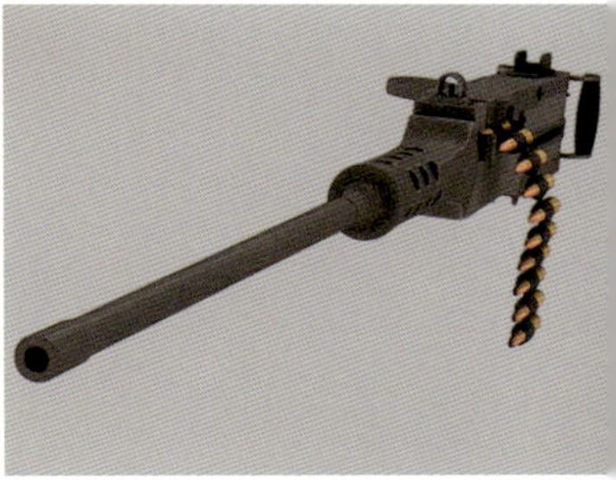

コルド 6P50 重機関銃　Корд 6П50

口径：12.7mm
全長：1,980mm
銃身長：1,070mm
重量：25,000g
装弾数：50 発
有効射程：2,000m

ソ連解体後にNSV重機関銃が入手難になってしまったロシアが、代わりとして開発した。

『謎の沈没船を追え！』

PKM 機関銃

口径：7.62mm
全長：1,170-1,270mm
銃身長：673mm
重量：7.5kg
装弾数：100/250 発メタルリンク

AK47 小銃と同様の機構だが、弾薬の共用はできない。

『合衆国封鎖』

88 式汎用機関銃　QJY-88

口径：5.8mm
全長：1,321mm
銃身長：600mm
重量：11,800g
装弾数：200 発
有効射程：1,000m

従来の 67 式機関銃よりも軽量で、95 式自動小銃と同じ弾薬を使用できる。

『米中激突』ほか

FN ミニミ軽機関銃　FN MINIMI

口径：5.56mm
全長：1,040mm
銃身長：465mm
重量：7,010g
装弾数：100-200 発
有効射程：1,000m

歩兵用小銃と弾薬を共用でき、かつ兵士ひとりで運用できる分隊支援火器。

『環太平洋戦争』

RPK 軽機関銃　РПК

口径：7.62mm
全長：1,040mm
銃身長：590mm
重量：5,000g
装弾数：30/75 発
有効射程：100-1,000m

AKMと共通の弾薬を使用する分隊支援火器。

『朝鮮半島を隔離せよ』

M60 機関銃

口径：7.62mm
全長：1,077mm
銃身長：560mm
重量：10,500g
有効射程：1,500m

第二次大戦後の米軍汎用機関銃。分隊支援火器やヘリコプターのドアガンなどに使用される。

『環太平洋戦争』

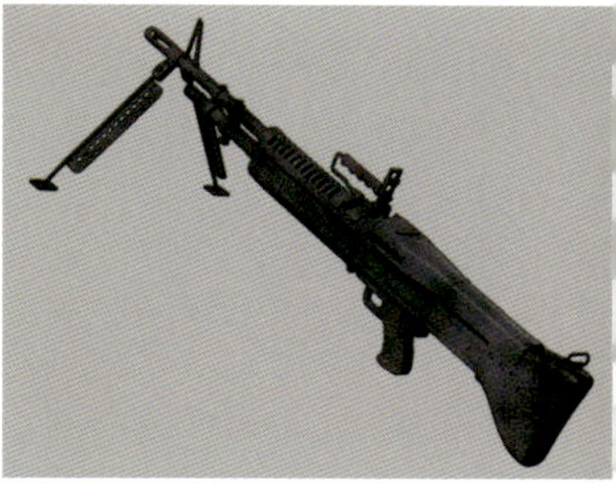

HK MP7A1 PDW (personal defense weapon)

口径：4.6mm
全長：415-638mm
銃身長：180mm
重量：1,900g
装弾数：20/30/40 発
有効射程：200m

短機関銃に似ているが、より威力の高い弾薬を使用する。サイレント・コアの標準装備。

『死に至る街』

FN P90 PDW

口径：5.7mm
全長：500mm
銃身長：263mm
重量：3,000g (弾倉装填時)
装弾数：50 発
最大射程：1,800m

車両部隊向けの小型兵器として開発されたが、対テロ戦特殊部隊に採用されることも多い。

『魚釣島奪還作戦』

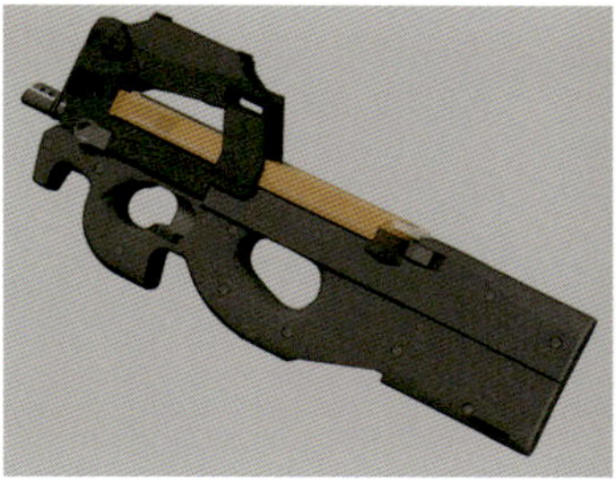

HK MP5 短機関銃

口径：9mm
全長：550mm
銃身長：225mm
重量：3,080g
有効射程：200m

命中精度がよく、対テロ部隊の標準的な装備となっている。

『戦略原潜浮上せず』

HK MP5SD2 短機関銃

口径：9mm
全長：807mm
銃身長：146mm
重量：2,930g
装弾数：15/30 発

固定または折り畳み銃床、サプレッサー内蔵モデル。

『戦略原潜浮上せず』

HK MP5SD3 短機関銃

口径：9 mm
全長：610-780mm
銃身長：146mm
重量：2,900-3,500g
装弾数：15/30 発

伸縮式銃床、サプレッサー内蔵モデル。初期サイレント・コアの標準装備。

『環太平洋戦争』

HK MP5SD6 短機関銃

口径：9mm
全長：670-805mm
銃身長：146mm
重量：3,600g
装弾数：15/30 発
連射速度：800 発/min

3 点バースト機能、サプレッサーを内蔵のモデル。
サイレント・コアの標準装備。

『石油争覇』

HK MP5K-PDW 短機関銃

口径：9mm
全長：330/570mm
銃身長：148mm
重量：2,530g
装弾数：15/30 発 × 3
連射速度：900 発/min

銃身を切り詰め、折り畳み銃床を装着した特殊部隊用モデル。

『魚釣島奪還作戦』

HK MP5/10 短機関銃

口径：10mm
全長：490-660mm
銃身長：225mm
重量：2,850g
装弾数：30 発

弾薬を大口径化したモデル。米国FBIが使用した。サイレント・コアの初期装備。

『第二次湾岸戦争』

クリス・ヴェクター短機関銃 Kriss Vector SMG

口径：9mm
全長：470/709mm
銃身長：165mm
重量：3,400g
装弾数：13/17/30 発
有効射程：45m

もともと.45ACP弾の使用を前提に設計されていたため、独自機構で反動を低減させている。

『日中開戦』

ワルサー WA2000 狙撃銃 Walther WA2000

口径：0.300 インチ
全長：905mm
銃身長：650mm
重量：6,950g
装弾数：6 発
最大射程：1,000m以上

プルパップ式セミオート。命中精度は良いが、非常に高価。

『環太平洋戦争』

HK PSG1 狙撃銃

口径：7.62mm
全長：1,208mm
銃身長：650mm
重量：8,100g
装弾数：5/10/20 発
有効射程：700m

G3をベースに開発された。特殊部隊や警察で使用されている。

『自由上海支援戦争』

HK G28 狙撃銃

口径：7.62 × 51mm NATO
全長：965/1,082mm
銃身長：421mm
重量：5,800g
装弾数：10/20 発
有効射程：600m

HK417をベースに開発され、ドイツ連邦軍がアフガニスタンで使用した。

『台湾侵攻』

レミントン M24 狙撃システム Remington M24 SWS

口径：7.62mm
全長：1,092mm
銃身長：610mm
重量：4,400g
装弾数：5/10 発
有効射程：700m

M700のカスタムモデル。銃だけではなく、オプションパーツを含めたシステムとして販売されている。

『対馬奪還戦争』

レミントン M40 狙撃銃 Remington M40

口径：7.62mm
全長：1,120mm
銃身長：610mm
重量：5,100g
装弾数：5 発
有効射程：800m

M700の米海兵隊専用モデル。

『米中激突』

レミントン M40A5 狙撃銃
Remington M40A5

口径：7.62 × 51mm NATO
全長：1,124mm
銃身長：635mm
重量：7,500g
装弾数：10 発
有効射程：800m

M40 の改良型。ナイトビジョン照準器も装着できる。

『米中激突』

レミントン M870 散弾銃
Remington M870

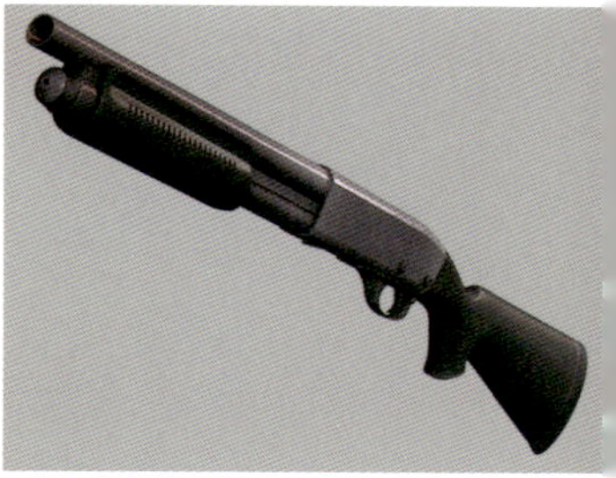

口径：12 ゲージ
全長：946mm
銃身長：457mm
重量：3,200g
装弾数：4 発

耐久性に優れたポンプアクション・ショットガン。分解保守が容易になるよう配慮されている。

『第二次湾岸戦争』

XM-3 狙撃銃

口径：7.62mm
全長：1,029/1,175(サプレッサー含)mm
銃身長：470mm
重量：7,257/8,165(夜間仕様)g
装弾数：5 発
有効射程：914m

M40A3 の改良型。生産数がとても少なく、中古銃が高値で取引される。

『対馬奪還戦争』

M110 狙撃銃

口径：7.62mm
全長：1,029/1,181mm
銃身長：508mm
重量：6,270g
装弾数：10/20 発
有効射程：800m

市街戦では突発的に近接戦闘が発生することがあり、従来のボルトアクション銃では不利になるとして開発されたセミオート狙撃銃。

『死に至る街』

Mk13 狙撃銃

口径：0.300 Win mag
全長：1,207mm
銃身長：673mm
重量：5,710g
装弾数：5 発
有効射程：1,300m

レミントン社製の銃にアキュラシー・インターナショナル社製のシャーシを装着してある。

『東シナ海開戦』

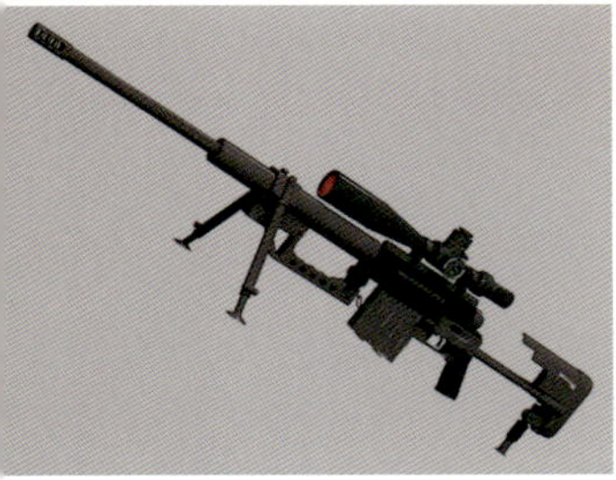

シャイアン・タクティカル M200 インターベンション狙撃銃 Chey-Tac M200 Intervention

口径：0.408 インチ
全長：1,422mm
銃身長：737mm
重量：14,060g
装弾数：7 発
有効射程：2,286m

専用弾と付属の弾道コンピュータを使用して超長距離狙撃を可能にする。

『消滅世界』

バレット M82A1 対物狙撃銃 Barret M82A1

口径：12.7mm
全長：1,448mm
銃身長：736mm
重量：12,900g
装弾数：10 発
有効射程：2,000m

M2 重機関銃の弾丸を使用する競技銃として開発されたが、各国の軍が次々に採用し一気に有名になった。

『合衆国封鎖』

PSO-1 スコープ

全長：318mm
全高：137mm
全幅：71mm
重量：930g
倍率：6 倍

SVDドラグノフ狙撃銃用に開発された光学照準器。

『石油争覇』

HK CAWS 散弾銃

口径：12ゲージ相当（専用弾使用）
全長：762/988mm
銃身長：477/685mm
重量：4,300g
装弾数：10発
連射速度：250発/min
有効射程：150m

散弾銃には珍しいブルパップ式フルオート銃。

『戦略原潜浮上せず』

フランキ・スパス12散弾銃 Franchi SPAS-12

口径：12ゲージ
全長：800/1,070mm
銃身長：550mm
重量：4,000g
装弾数：7発
有効射程：50m

セミオート／ポンプアクション切替機能を備えた軍用ショットガン。

『アメリカ分断』

MPS AA-12散弾銃　AA-12 Shotgun

口径：12ゲージ
全長：966mm
銃身長：457mm
重量：5,200g
装弾数：8発（ボックスマガジン）/20-30発(ドラムマガジン)
有効射程：100m

珍しいフルオート射撃可能な軍用ショットガン。

『謎の沈没船を追え！』

ニューナンブM60拳銃

口径：9mm
全長：173mm
銃身長：51mm
重量：670g
装弾数：5発

日本の警察用。機構はS&W方式を踏襲している。

『日中開戦』

92式拳銃　QSZ-92

口径：5.8mm
全長：188mm
銃身長：115mm
重量：760g
装弾数：20＋1発
有効射程：50m

ポリマーフレームを採用、中国人の手になじむような人間工学的配慮がされている。

『米中激突』ほか

FNファイブセブン拳銃
FN Five-Seven

口径：5.7mm
全長：208mm
銃身長：113mm
重量：645g
装弾数：10/20/30発
有効射程：50m

P90PDWを持つ兵士のサイドアーム用に、同じ弾薬を使用できるように開発された。

『米中激突』

コルト.357マグナム ピースキーパー拳銃　Colt .357 Magnum Peacekeeper

口径：0.357インチ
全長：287mm
銃身長：152mm
重量：1,134g
装弾数：6発

コルトMKⅤシリーズの艶消し仕上げモデル。ラバー・グリップも装着してある。

『戦略原潜浮上せず』

ベレッタM93R拳銃　Beretta M93R

口径：9mm
全長：240mm
銃身長：156mm
重量：1,170g
装弾数：20発
最大射程：50m

対テロ用に開発された。3点バースト・モードがある。
初期サイレント・コアの標準装備。

『戦略原潜浮上せず』

マカロフ・ピストル
истолет Макарова

口径：9 mm
全長：161mm
銃身長：93.5mm
重量：730g
装弾数：8 発

第二次大戦後ソ連軍制式拳銃。今でも採用している国は多い。

『戦略原潜浮上せず』

シグ・ザウアー P220 拳銃
SIG SAUER P220

口径：9mm
全長：206mm
銃身長：112mm
重量：830g
装弾数：9 発
有効射程：30-50m

警察や軍隊に広く採用されている。日本でもライセンス生産が行われていた。

『環太平洋戦争』

シグ・ザウアー P226 拳銃
SIG SAUER P226

口径：9mm
全長：196mm
銃身長：112mm
重量：845g
装弾数：15 発
有効射程：50m

P220 の装弾数を増やしたモデル。耐久性の高さに定評がある。

『石油争覇』

ベレッタ M92SB 拳銃
Beretta M92SB

口径：9mm
全長：217mm
銃身長：125mm
重量：970g
装弾数：15 発

イタリア軍用に開発されたが、米軍はじめ世界各国の軍隊や警察で採用されている。

『環太平洋戦争』

ベレッタ M8000 クーガー拳銃
Beretta M8000 Cougar

口径：9mm
全長：178mm
銃身長：91mm
重量：855g
装弾数：10 発

小型軽量ながら優れた拳銃なのに、デザインがベレッタらしくないと不評だった。

『原油争奪戦争』

FN ブローニング・ハイパワー拳銃
FN Browning Hi-Power

口径：9mm
全長：200mm
銃身長：118mm
重量：810g
装弾数：13/20 発／有効射程：50m

ジョン・M・ブローニング最後の作品。この銃が世界中の軍や警察に採用された結果、9mmパラベラム弾が軍用拳銃の標準弾となった。

『自由上海支援戦争』

トカレフ TT-33 拳銃
Токарев ТТ-33

口径：7.62mm
全長：195mm
銃身長：116mm
重量：890g
装弾数：8 発
有効射程：50m

第二次大戦中のソ連軍制式拳銃。自動拳銃なのに安全装置がないのが特徴。

『自由上海支援戦争』

イジェメック MP-443 グラッチ拳銃
MP-443 Грач

口径：9mm
全長：198mm
銃身長：113mm
重量：950g
装弾数：18 発
初速：450m/sec
有効射程：50m

9 × 19mmPBP弾の使用でボディ・アーマーを貫通できるとされている。

『オルタナ日本』

HK USP 拳銃

口径：9 mm
全長：195mm
銃身長：108mm
重量：770g
装弾数：15+1 発

ポリマーフレームの採用以外はあえて堅実な設計をして、実用性と信頼性を確保している。

『ピノキオ急襲』

HK P2000SK 拳銃

口径：9 × 19mm
全長：163mm
銃身長：83mm
重量：606g
装弾数：10/13 発
有効射程：50m

USPはグリップが太すぎるという、女性警察官からの声に応えて開発された小型改良版。

『米中激突』

HK45CT 拳銃

口径：.45ACP
全長：201mm
銃身長：116mm
重量：826g
装弾数：8/10 発

米軍の要望に合わせてP30 を 45 口径弾用に改良したモデル。

『覇権交代』

ワルサー P99QA タクティカル拳銃
Walther P99QA Tactical

口径：9mm
全長：180mm
銃身長：102mm
重量：750g
装弾数：10/15/17/20 発／有効射程：60m

QA（クイックアクション）トリガーモデルに、サプレッサーとライトを装着。ジャングルでの接近戦を想定している。

『魚釣島奪還作戦』

HK P46 UCP 拳銃

口径：4.6mm
全長：212mm
銃身長：130mm
重量：843g
装弾数：20+1 発
有効射程：70m

MP7 PDWと共通の弾薬を使用する拳銃。現在は開発中止になっている。

『ピノキオ急襲』

グロック 17 拳銃　Glock17

口径：9 mm
全長：204mm
銃身長：114mm
重量：705g
装弾数：10/17/19/33 発
有効射程：50m

オーストリア軍制式拳銃Pi80 の民間型。プラスチック製部品が多用されている。

『台湾侵攻』

グロック 18C 拳銃　Glock18C

口径：9mm
全長：204mm
銃身長：114mm
重量：670/905g
装弾数：17+2/24/31+2 発

グロック 17 のバリエーション。フルオート機能がある。

『死に至る街』

グロック 19 拳銃　Glock19

口径：9mm
全長：187mm
銃身長：102mm
重量：855g
装弾数：15/33 発

グロック 17 を小型化したモデル。シリーズ中最も多く売れている。

『東シナ海開戦』

HK SFP9 拳銃　HK SFP9(VP9)

口径：9mm
全長：187mm
銃身長：104mm
重量：710g
装弾数：13/15/17/20 発
有効射程：50m

陸上自衛隊にも採用された。豊富なオプションパーツが用意され、射手の手に合わせてのカスタマイズが可能。

『アメリカ陥落』

シグザウアー・モスキート拳銃 Sig Sauer Mosquito

口径：0.22LR
全長：183mm
銃身長：99mm
重量：697g
装弾数：10 発

P226 に特徴が似ているため、安価な 22 口径弾を使用できる練習用拳銃としての需要がある。
田口の愛用銃。

『半島有事』

シグ P320 コンパクト拳銃 SIG Sauer P320 compact

口径：9mm
全長：180mm
銃身長：99mm
重量：740g
装弾数：10/15 発

P250 の発展型として開発され、マガジンやグリップパーツが共用できる。本体はポリマー製、スライドはステンレス製。米軍にはM18 拳銃として採用されている。

『アメリカ陥落』

ローバー R9 ポケットピストル Rohrbaugh R9

口径：9mm
全長：132mm
銃身長：74mm
重量：380g
装弾数：6 + 1 発

富裕層向けの護身用小型拳銃。抜き打ちに適する突起物を排したデザイン。

『対馬奪還戦争』

テーザーM26スタンガン　Taser M26

全長：165mm（カートリッジ無し）
全幅：50mm
全高：178mm
重量：510g
最大射程：10m

おもに警察などで使用される。プローブを発射しワイヤーを通じて電気ショックを与える。

『死に至る街』ほか

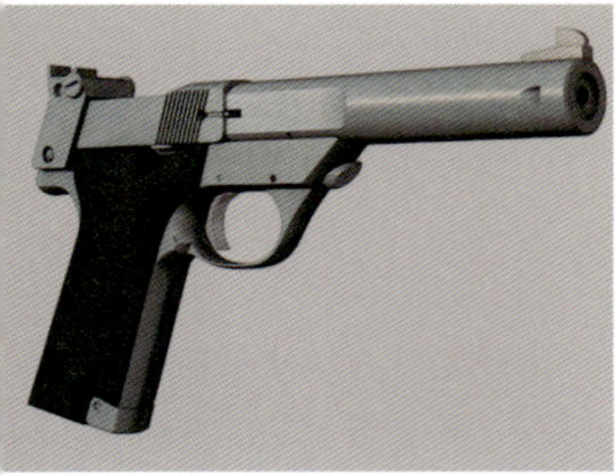

ハイ・スタンダード・スーパーマチック High Standard SuperMatic

口径：0.22LR
全長：244mm
銃身長：140mm
重量：1,310g
装弾数：10発

競技用スポーツピストル。銃身が容易に交換できるよう設計されている。

『石油争覇』

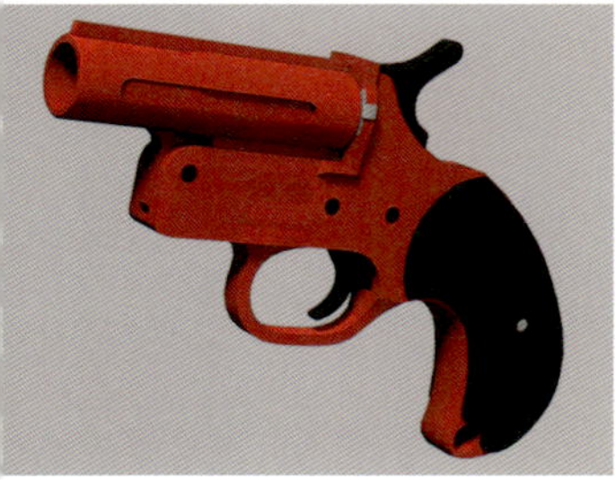

信号拳銃　Flare Gun

口径：12ゲージ
全長：217mm
重量：260g
最大高度：152m
光強度：16,000cd
燃焼時間：7秒

照明弾、発煙弾などを打ち出す専用銃。ほとんどの部品がプラスチック製。

『沖ノ鳥島爆破指令』

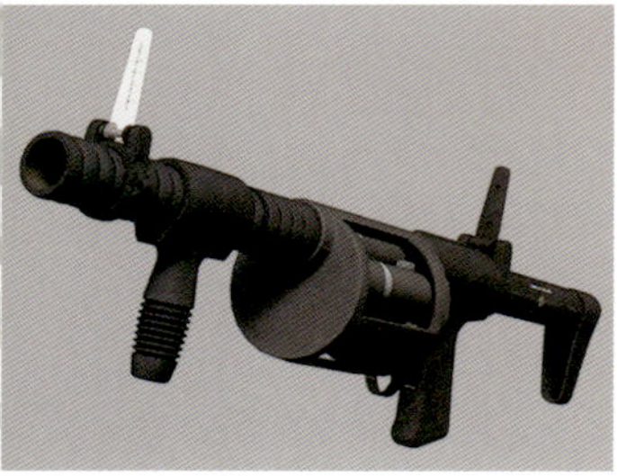

アーウェン37擲弾発射器 Arwen 37 Grenade launcher

口径：37mm
全長：762-890mm
銃身長：285mm
重量：3,100g
装弾数：5発
最大射程：100m

警察の暴徒鎮圧用装備として開発された。初期サイレント・コアの標準装備。

『自由上海支援戦争』

M203 擲弾発射器

口径：40mm
全長：389mm
銃身長：304mm
重量：1,360g
装弾数：1 発
有効射程：250m

ライフルの銃身の下に装着して使用するグレネード・ランチャー。

『戦略原潜浮上せず』

K201 擲弾発射器

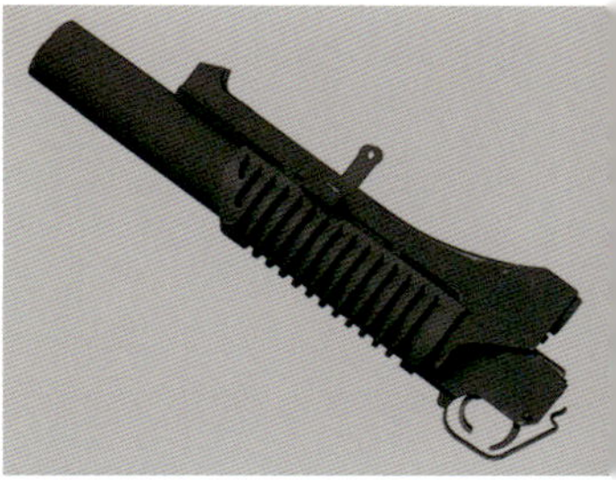

口径：40mm
全長：380mm
銃身長：305mm
重量：1,350g
装弾数：1 発
有効射程：152m

米国製M203 をもとにK2 ライフル装着用に開発された。

『対馬奪還戦争』

M79 擲弾発射器

口径：40mm
全長：737mm
銃身長：355mm
重量：3,000g
装弾数：1 発
有効射程：350m
最大射程：400m

中折れ式・単発・肩撃ち、と散弾銃のような構造。ライフルに取り付けるタイプが登場してからは廃れつつある。

『第二次湾岸戦争』

87 式擲弾発射器　QLZ-87

口径：35mm
全長：970mm
重量：12,000g(弾倉無し)
装弾数：6/15 発(ドラムマガジン)
有効射程：600m
最大射程：1,750m

少人数部隊でも運用を容易にするため、軽量化を重視して開発された。

『東シナ海開戦』

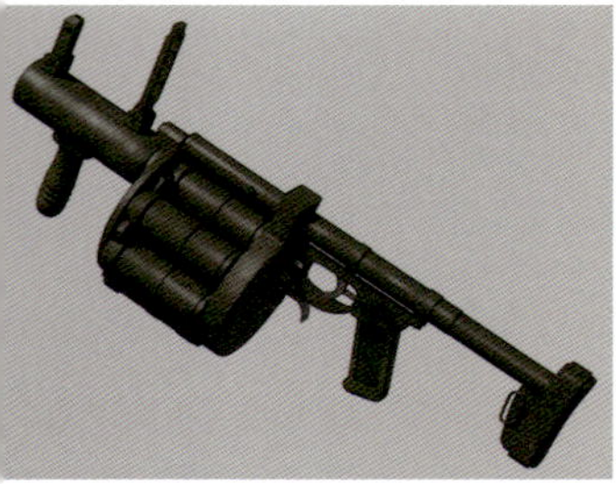

RG-6 擲弾発射器

口径：40mm
全長：520-690mm
重量：6,200g
装弾数：6 発
有効射程：400m

ロシア軍のリボルバー式グレネード・ランチャー。ケースレス弾も使用可能。

『東シナ海開戦』

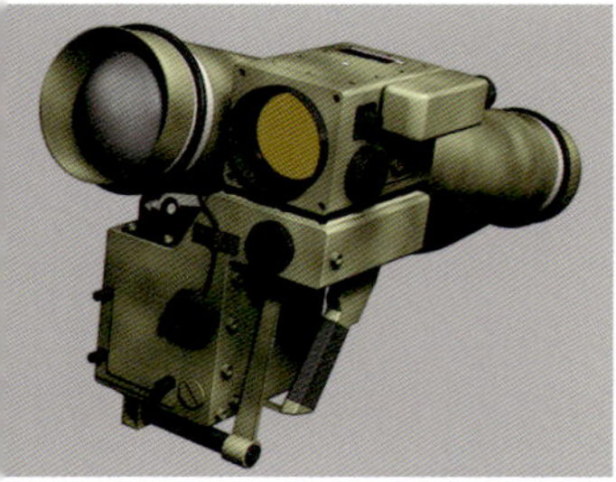

01 式軽対戦車誘導弾　01ATM

全長：0.97m
胴体直径：0.12m
重量：11.4kg
誘導方式：非冷却型赤外線画像誘導方式

軽MATとも呼ばれる携行式対戦車ミサイル。軽装甲機動車の天井ハッチからの発射も可能。

『環太平洋戦争』

AT-4CS 対戦車ロケット弾

口径：84mm
全長：1,016mm
重量：6,700g
初速：285m/sec
有効射程：300m

一発使い捨て兵器。後方に塩水を噴射してバックブラストを低減させる。

『米中激突』

M72 対戦車ロケット弾発射機 M72 LAW

口径：66mm
全長：670-881mm
銃身長：280mm
重量：2,500g
有効射程：220m
最大射程：1,000m

一発使い捨ての携帯兵器。現代戦車には通用しないが、被装甲車両に対しては絶大な威力がある。

『環太平洋戦争』

RPG-7 ロケット弾発射機

口径：40mm
全長：950mm
重量：6,300g
装弾数：1 発
最大射程：500m

安価で大威力、取扱い容易なため、テロリストや武装勢力が好んで使う。

『自由上海支援戦争』

FGM-148 ジャベリン対戦車ミサイル FGM-148 Javelin

ミサイル直径：127mm
発射筒全長：1,200mm
発射筒含む総重量：22,300g
弾頭：8,400g
高度：60m(ダイレクト・アタックモード)/150m(トップ・アタックモード)
有効射程：2,500m/4,000m(軽量CLU)
誘導方式：赤外線画像・自立誘導

装甲の薄い天井面を攻撃するトップアタックが可能。　『台湾侵攻』

FIM-92 スティンガー対空ミサイル FIM-92 Stinger

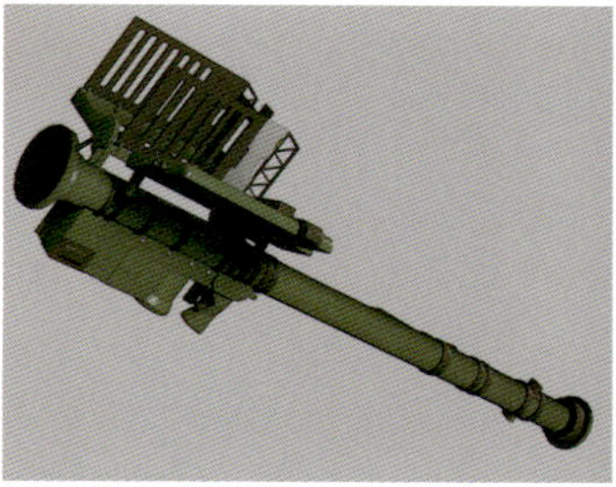

口径：70mm
全長：1,500mm
重量：15,660g
誘導方式：赤外線ホーミング
有効射程：4,000m／有効射高：3,500m

アメリカ製の携帯式地対空ミサイル・システム。肩撃ち式ミサイルとも。敵味方識別装置と赤外線シーカーが搭載され、発射後は自動的に目標を追尾する。　『核物質護衛艦隊出撃す』ほか

9K310 イグラ-1 地対空ミサイル 9K310 Игла́-1

全長：1,574mm／直径：72mm
ミサイル重量：10,800g
発射筒含む総重量：17,900g
弾頭：1,560g高性能炸薬
信管：直撃ないし近接信管
射程高度：3,500m／有効射程：5,200m
誘導方式：2 波長光波誘導

ソ連製携帯ミサイル。NATOコードはSA-16 ギムレット。

『朝鮮半島を隔離せよ』

87式82mm迫撃砲 PP-87/W87

口径：82mm
仰角：45°～85°
方位角：左右3°30′
全長：1,530mm
砲身長：1,400mm
重量：31,000g
有効射程：120-5,600m

中国第2世代迫撃砲。分解して人力搬送も可能だが、近距離に限られる。

『魚釣島奪還作戦』

Parrot ANAFI 小型ドローン

収納時：252×104×82mm
展開時：282×373×84mm
重量：500g
最大水平速度：52.9km/h
最大垂直速度：21.6km/h
実用上昇限度：海抜6,000m

フランス製の一般販売用ドローン。消防署でも運用されている。

『アメリカ陥落』

球体型ドローン Spherical Flying Body

直径：420mm
重量：350g
最大速度：60km/h
飛行時間：8分

障害物や地面に接触しても、姿勢を修正して飛行を継続できるのが強み。

『米中激突』

86式手榴弾

形式：対人破片手榴弾
全高：90mm
直径：52mm
重量：260g
炸薬量：40g
遅延信管：2.8-4秒
有効範囲直径：12m

82式手榴弾を改良して制式されたモデル。プラスチック製。

『米中激突』

82-2式手榴弾

形式：対人破片手榴弾
全高：85mm
直径：48mm
重量：260g
炸薬量：62g
遅延信管：2.8-4秒
有効範囲直径：12.6-13.2m

外殻がプラスチック製。内部には鋼球が詰められている。

『覇権交代』ほか

RGD5手榴弾

形式：対人破片手榴弾
全高：114mm
直径：57mm
重量：338g
炸薬量：TNT/110g
遅延信管：3.2-4.2秒

旧ソ連の開発だが、その後多くの国で生産され続けている。

『戦略原潜浮上せず』

M26A1手榴弾

形式：対人破片手榴弾
全高：91.5mm
重量：450g
炸薬量：156g
遅延信管：4秒
有効範囲直径：15m

マークⅡ手榴弾がパイナップルと呼ばれたことにちなんで、レモンと呼ばれている。

『核物質護衛艦隊出撃す』

マークⅡ手榴弾

形式：対人破片手榴弾
全高：110mm／直径：58mm
重量：600g
炸薬量：TNT/52g
信管：パーカッション式時限信管
遅延信管：4-5秒
有効範囲直径：4.5-9.1m

第二次大戦時にアメリカで開発された。初期のものは黄色く塗装されており、パイナップルの愛称がついた。

『戦略原潜浮上せず』

F1 手榴弾

形式：対人破片手榴弾
直径：55mm
重量：700g
炸薬量：TNT/60g
遅延信管：3-4 秒
有効範囲直径：20-30m

第二次大戦時にソ連が開発した。多数の国でライセンス生産され続けている。

『原油争奪戦争』

OF37 手榴弾

形式：対人手榴弾
全高：67mm(信管を除く)
直径：60mm
重量：約 300g
炸薬量：Tonite またはTNT/60g
遅延信管：4-5 秒

第二次大戦以前から使用され続けているフランス製手榴弾。

『核物質護衛艦隊出撃す』

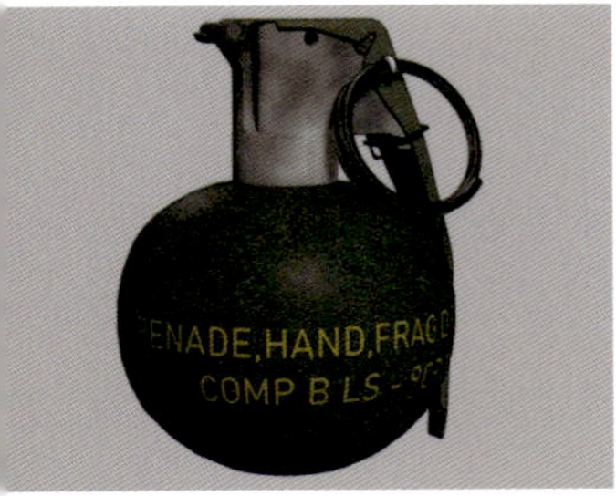

M67 手榴弾

形式：対人破片手榴弾
全高：90mm
直径：64mm
重量：400g
遅延信管：約 5 秒
投擲範囲：30-35m
有効範囲直径：30m

米軍とカナダ軍で使用されている。誤って安全ピンが抜けないように、もう一段安全クリップがついている。

『魚釣島奪還作戦』ほか

M68 手榴弾　M68 Hand Grenade

形式：対人破片手榴弾
全高：90mm
直径：64mm
重量：400g
遅延信管：約 1 秒
投擲範囲：30-35m
有効範囲直径：30m

基本はM67 と同じ作りだが、信管が電気インパクト式。安全ピンを抜いた1～2 秒後に起動し、その後衝撃を受けると爆発する。　『北方領土奪還作戦』

K400 手榴弾

形式：対人破片手榴弾
全高：90mm
直径：60mm
重量：450g
遅延信管：4-5 秒
有効範囲直径：15m

米国製M67 をベースに開発された韓国軍標準手榴弾。

『半島有事』ほか

Mk3A2 手榴弾

形式：攻撃手榴弾
全高：145mm
直径：53mm
重量：440g
炸薬量：227g
遅延信管：4-5 秒
有効範囲直径：4m

破片を飛散させるのではなく、爆発の衝撃波によって目標を破壊または無力化する。

『覇権交代』

RGN 手榴弾

形式：攻撃手榴弾
全高：113mm
直径：60mm
重量：290g
炸薬量：97g
遅延信管：3.5-4 秒

ロシア製。衝撃信管もあるため、物や人にあたった衝撃でも起爆する。

『アメリカ陥落』

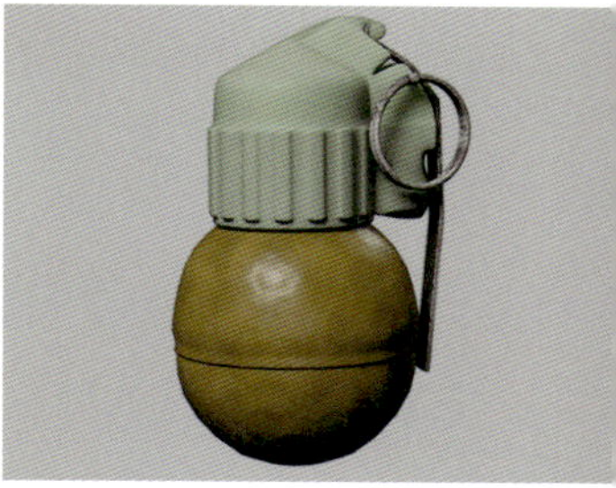

98 式閃光手榴弾

全長：210.9mm
直径：50.9mm
重量：560g
炸薬量：78g
威力半径：7m

おもに公安部隊や武装警察に配備されているが、特殊部隊でも使用する。

『台湾侵攻』

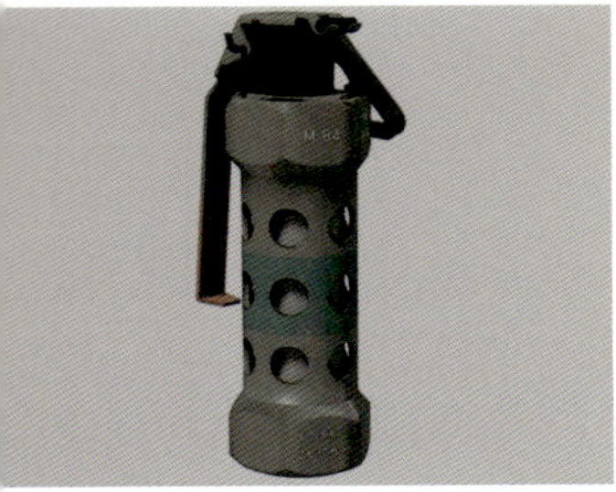

M84スタン・グレネード

形式：閃光音響手榴弾
全長：133mm
直径：44mm
重量：258g
炸薬量：マグネシウム/硝酸アンモニウム4.5g
遅延信管：1-2.3秒

おもに警察や特殊部隊が使用する非致死性兵器。

『戦略原潜浮上せず』

Mk1照明手榴弾

形式：照明手榴弾
全高：111mm
重量：280g
遅延信管：7秒
照明範囲直径：200m
照明度：55,000cp
燃焼時間：25秒

照明や信号用だが、可燃物への着火にも使用される。

『環太平洋戦争』

FSL-02発煙手榴弾

全高：140mm
直径：65mm
重量：750g
遅延信管：0.5-1.5秒
発煙範囲：長さ30m 幅6m 高さ4m
煙色：黒
煙持続時間：2分間

相手の視線を遮り、また逆にターゲットを示したり、信号を送る目的にも使用される。

『米中激突』

L84A3 RP手榴弾

形式：対赤外線煙幕手榴弾
全高：132mm
直径：62mm
重量：360g
遅延信管：3.5秒
発煙範囲：幅10-15m × 高2.5m
燃焼時間：25秒
煙持続時間：30秒

赤燐を使った発煙手榴弾。従来の白燐弾よりも赤外線遮蔽に優れている。

『米中激突』

M18 クレイモア地雷
M18 Claymore mine

全長：216mm
全高：83mm
奥行：35mm
重量：1,450g

指向性地雷。前方左右 60 度、上下 18 度の範囲に鉄球を飛ばす。

『環太平洋戦争』

ラファエル ドローン・ドーム
Rafael Drone Dome

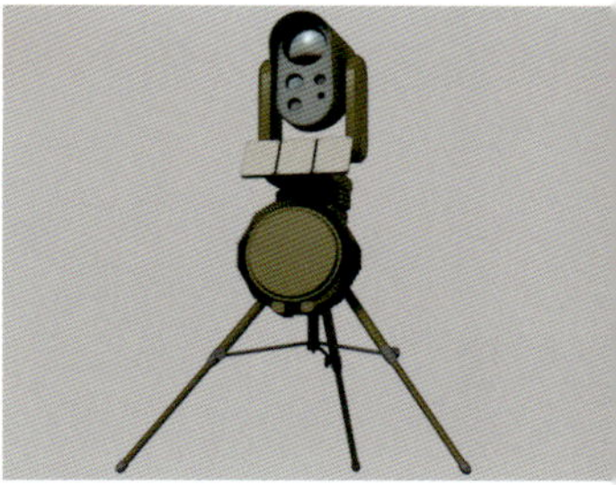

イスラエルの防空システム、アイアン・ドームを開発したラファエル社が、対ドローン用に開発した迎撃システム。レーダーや各種センサーによって（既存の監視システムとの連携も可能）探知した目標を、電波妨害やレーザー照射によって撃墜する。

『東シナ海開戦』ほか

ドローン・ディフェンダー
Drone Diffender

全長：1,005mm
重量：7,200g
有効円錐角：30°
稼働時間：2 時間連続

電磁パルスを照射して、ドローンを誤動作あるいは動作不能にする。

『日中開戦』ほか

三眼の暗視ゴーグル

AN/PSQ-42 拡張型暗視装置　AN/PSQ-42 ENVG-B(ENHANCED NIGHT VISION GOGGLE-BINOCUL)

光増幅によるナイトビジョンスコープと、赤外線サーマルスコープの画像を融合し、より鮮明な視覚を得られる。また、地図や各種情報などを重ねて表示させることも可能。

『東シナ海開戦』ほか

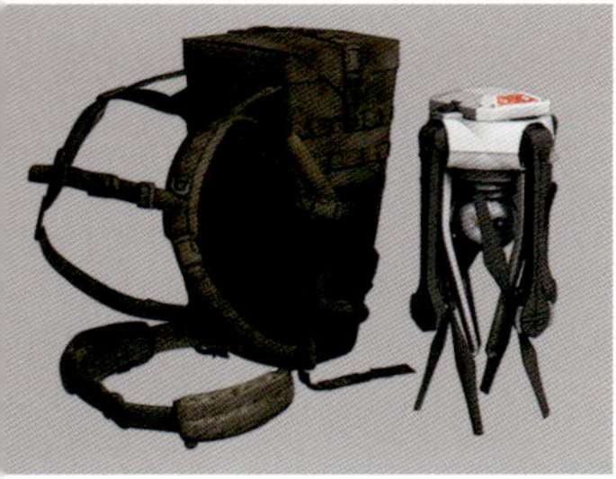

スカイレンジャー無人機 Sky Renger R70

全長：1.35m
高さ：45cm
重量：5kg
最大速度：50kph
最大上昇速度：4m/s

自律飛行可能なドローン。3-4kgの物を運ぶこともできる。

『覇権交代』

AN/PVS7 暗視装置

サイズ：210 × 152 × 89mm
重量：558g／実視界：40°／倍率：1倍
解像度：64lp/mm
増幅率：最大70,000倍
ジオプトリー調整：-6-+2
視度調整：15mm／瞳孔間調整：2°-2.75°
対物レンズ：27mm
焦点範囲：9.8°-無限大

赤外線LEDを備えており、アクティブモードでも使用可能。

『朝鮮半島を隔離せよ』

AN/-PVS-18 暗視装置

サイズ：124 × 90 × 65 mm
重量：370g (電池込み)
視野角(FAV)：40.0°
最小焦点距離：25cm
倍率：1倍／解像度：64lp/mm
視度調整：+2°--6°／対物レンズ：27mm
焦点範囲：°-無限大
電源：1AA

手持ちで使用するほか、ヘッドギアや銃にマウントしても使用可能。

『魚釣島奪還作戦』

GPNVG-18 暗視ゴーグル　GPNVG-18

視野角: 98°
倍率：1倍
解像度：57-64 lp/mm
電源：2.6-4.2V
消費電力：0.2W
バッテリー容量：800-3200mah
バッテリー寿命：30-80h

レンズを4基搭載したことで広い視野角を得ている。

『米中激突』

AN/PVS-22 暗視装置

全長：180mm／全幅：76mm
全高：75mm／重量：862g
視野角：13°
倍率：1倍
解像度：64-72lp/mm
焦点範囲：10m-無限遠
有効範囲（人間サイズの標的）：半月明り/700m

ピカティニー・レールに対応しており、既存の光学照準器との併用が可能。

『北方領土奪還作戦』

個人用暗視装置　JGVS-V8

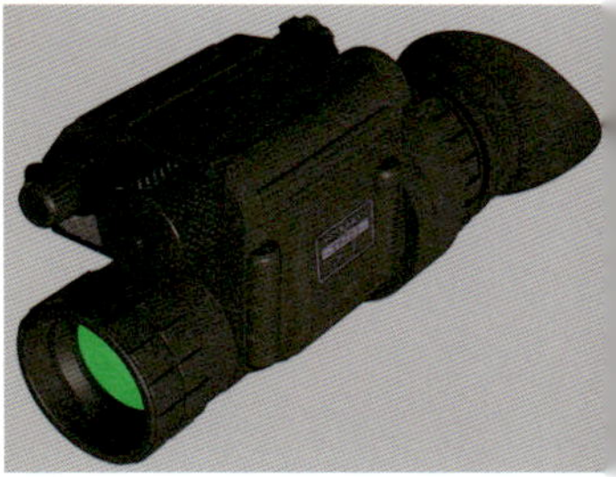

米国ITT社製AN/PVS-14をNECがライセンス生産したもの。陸上自衛隊の装備。

『ピノキオ急襲』

L字ライト　L-Angle Flash Light

高さ：210mm
直径：48mm（本体部）53mm（ライト部）
奥行：85mm
重量：190g
電源：2D

第二次大戦時から使用されていた軍用懐中電灯。より小型軽量なものが発売されるにつれて廃れてしまった。

『死に至る街』ほか

ML25LT マグライト　Maglite

全長：168mm
直径：30.5mm
重量：317g（電池込み）
明るさ：177lm
照射距離：319m
光源：LED
電源：2AA
連続照射時間：2h

マグライトとは、米国マグ・インストルメント社のブランドである。

『核物質護衛艦隊出撃す』

赤外線フラッシュ・ライト Infrared Flashlight

サイズ：113 × 54 × 37mm
重量：150g
電源：2AA
光度：250,000 lm
防水：70m
連続点灯：8 時間

アウトドア用に販売されているものも実は軍用規格で作られているものが多い。

『半島有事』

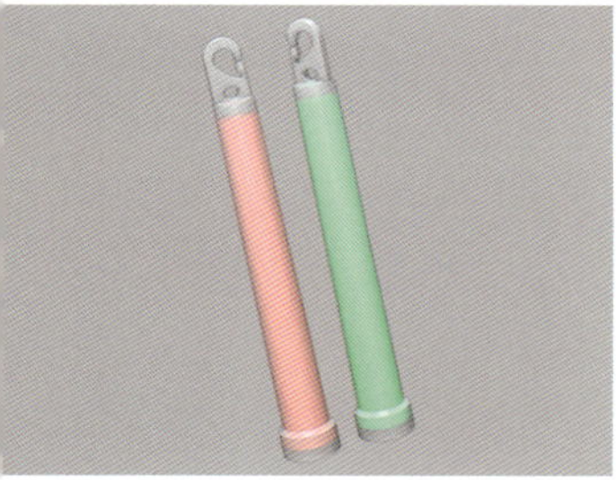

ケミカル・ライト Chemical Light

全長：152mm
直径：15mm
重量：20g
点灯時間：12 時間

化学反応を利用した照明具。本体を折ると内部に封入された 2 液が混合して発光する。

『魚釣島奪還作戦』

EOTech G33.STS 光学照準器

全長：4.4 インチ
全幅：2.2 インチ
全高：3.3 インチ
重量：10.6 オンス
倍率：3.25 倍
視野角度：7.3 度

遠近切り替え機能つき。左利き射手にも対応。

『台湾侵攻』

弾道計算用のポケコン FN Elity

サイズ：123 × 76 × 44mm
重量：400g
1,550NM レーザーレンジファインダー
人サイズターゲット 1,750m
車両タイプターゲット 2,200m
弾道計算機
環境センサー（温度、気圧、湿度）／移動センサー（カント、傾斜、デジタルコンパス）

狙撃銃に取り付けたり、スポッティング・スコープとして使用することも可能。

『謎の沈没船を追え！』

オスプレイ・サプレッサー
Osprey Suppressor

口径：0.22LR/0.22MAG
全長：117mm
重量：173g
材質：17-4 ステンレス鋼
消音性能：0.22LR: 112.4dB/
0.22MAG:127dB

消音装置サイレンサーに対して消炎機能も併せ持つのがサプレッサーである。

『台湾侵攻』

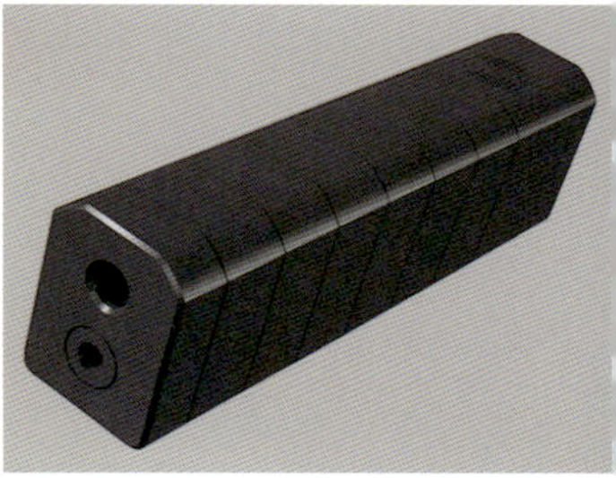

AK SOPMOD

Special Operations Peculiar Modificationは特殊作戦用改修キット。

任務内容や兵士個々人にあわせて銃に追加装備を加えることができる。

『サハリン争奪戦』

MK18CQBR

Close Quarter Battle Receiverは近接戦闘用レシーバー。
M4A1 カービンのアッパーレシーバーの交換パーツ。

『東シナ海開戦』

スイッチブレード無人航空機
Switchblade

対装甲車両用のmodel.600
全長：130cm／直径：150mm
重量：15kg
行動範囲：40km
飛行高度：150m
巡航速度：113km/h
最高速度：185km/h

迫撃砲に似た発射器で離陸させる無人攻撃機。

『台湾侵攻』

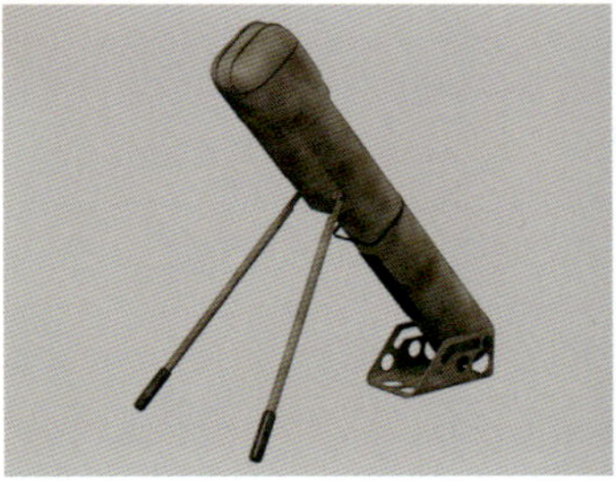

.388ラプアマグナム弾
.388 Lapua Magnum Bullet

全長：93.50 mm
薬莢長：69.20 mm
最大有効射程：1,750m

軍用長距離ライフル弾。1,000mの距離でボディ・アーマーを貫通する威力があるという。

『ピノキオ急襲』ほか

ネイビーナイフ マークⅢ
Ontario MkⅢ Navy

全長：275mm
刃渡：152mm
刃厚：4mm
重量：269g
材質：ステンレス440(刃)、硬質プラスチック(柄、鞘)
コーティング：黒リン酸塩

1970年代に米海軍が採用していたナイフ。

『核物質護衛艦隊出撃す』

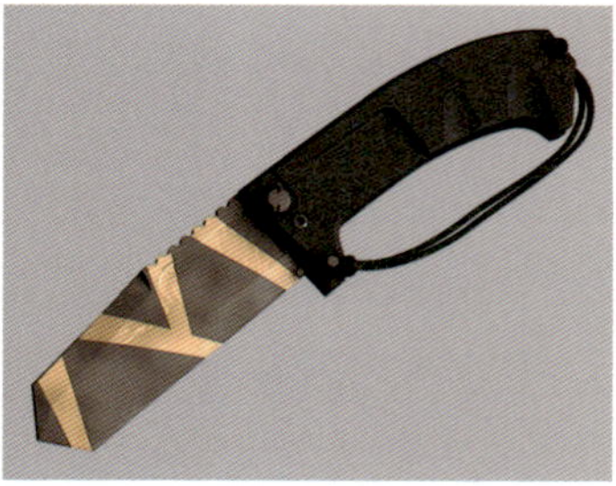

エストレーマ・ラツィオの折り畳み式ナイフ
Extrema Ratio EX130 Folder Knife

全長：263mm
刃渡：119mm
刃厚：6mm
重量：335g

司馬の愛用ナイフ。

『対馬奪還戦争』

セーフキーパー・ナイフ
SafeKeeper Knife

全長：160mm
刃渡：95mm
重量：102g

隠しナイフ。暗器。

『アメリカ分断』

ショート・ダガー　Short Dagger

全長：235mm
刃渡：140mm
刃厚：5mm
重量：247g

刃渡が300mm以下の両刃短剣のうち、刺突に特化したものをダガーと言う。

『深海の悪魔』

飛び出しナイフ　Switchblade

全長：130/223mm
刃渡：95mm
刃厚：3mm
重量：135g

折り畳みナイフの一種で、刃を自動的に出す機構のあるもの。危険なため、日本では銃刀法による所持規制を受ける。

『朝鮮半島を隔離せよ』

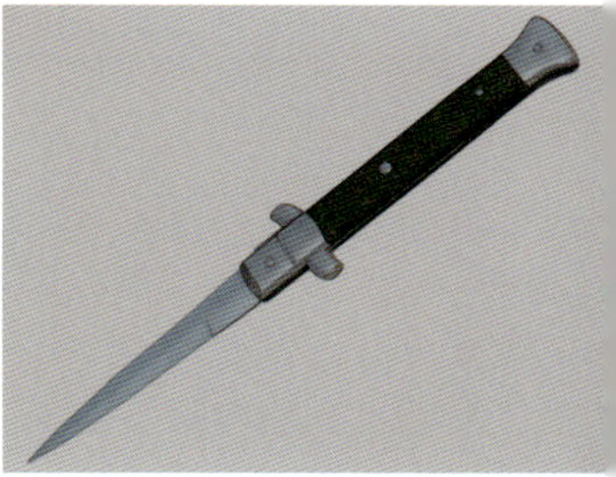

ジャックナイフ　Jack Knife

全長：90/160mm
刃渡：70mm
刃厚：2mm
重量：140g

小型の折り畳みナイフ(Folding Knife)。

『死に至る街』

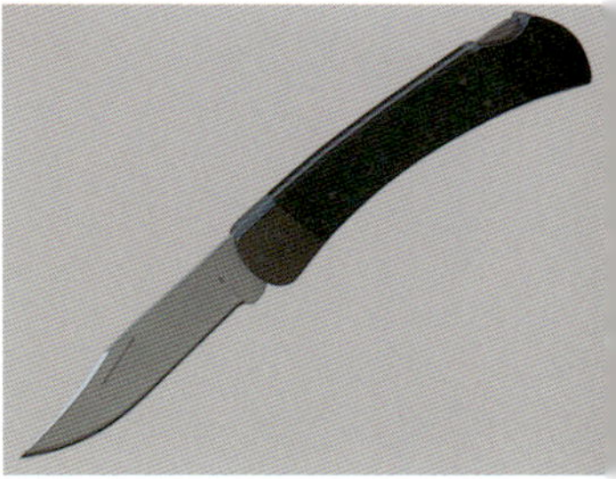

FAST ヘルメット　FAST Helmet

重量：667-1,592g
防弾性能：レベルIIIA
材質：超高分子量ポリエチレン

米国ジェンテックス社製。ヘッドセットや暗視装置の装着を考慮された設計。

『台湾侵攻』ほか

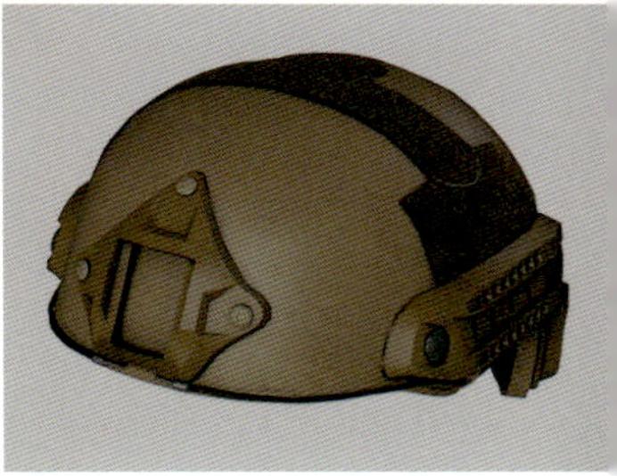

ヘッドセット　Head Set

FASTヘルメットの下に装着が可能。

『核物質護衛艦隊出撃す』

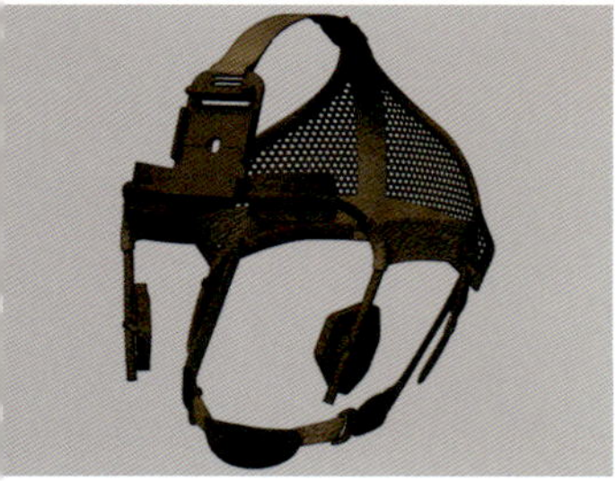

ヘッドギア　Headgear (Skull Crusher NVG Head Face Mount)

ナイロンとメッシュで軽量に作られている。暗視装置などのヘルメットアクセサリーを取り付けることが可能。

『核物質護衛艦隊出撃す』

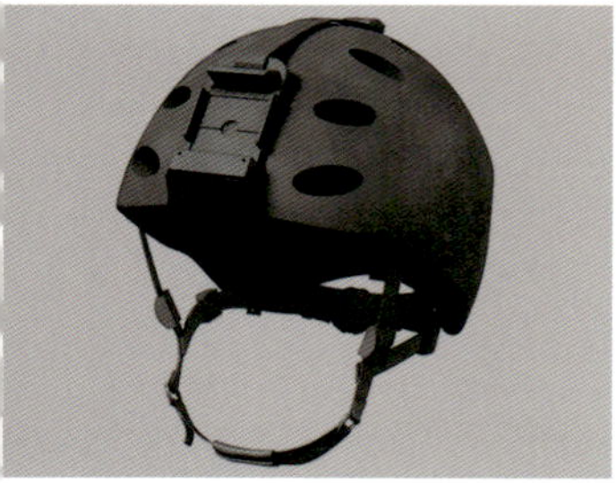

クラッシュ・ヘルメット Crash Helmet PJ Half Head Helmet

Protecのスポーツヘルメット。
重量：600g
防弾性能：無
軽量で通気性に優れる。

『第二次湾岸戦争』

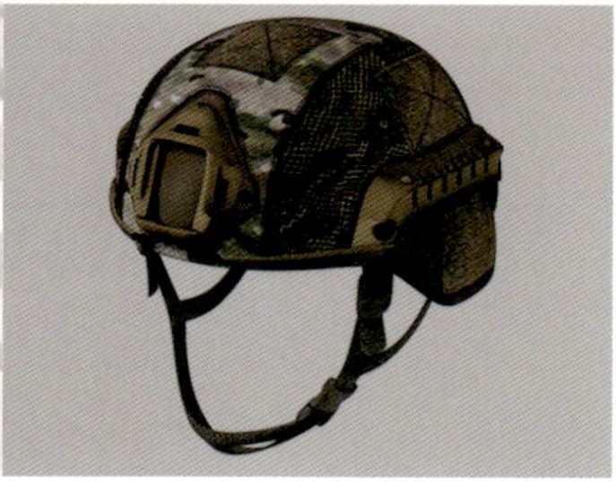

ヘルメット Enhanced Combat Helmet

重量：1,500g（ヘルメットのみ）
防弾性能：レベルIIIA
材質：超高分子量ポリエチレン
サイレント・コアの標準装備。

88式鉄帽

重量：約1,200g
材質：繊維強化プラスチック

自衛隊の制式装備。一見してFASTヘルメットに似ているが、内部のクッションや顎紐などは独自の構造になっている。

『沖ノ鳥島爆破指令』

ドラゴン・スキン・アーマー Dragon Skin Armor (Pinnacle Armor SOV-3000)

円形のプレートを鱗状に並べてレベルIVの防弾性能を持つと喧伝されていたが、疑問視されていた。そこで米陸軍が試験を行った結果、耐久性に問題があり、また品質のばらつきにより被弾する前に破損してしまうことがあると判明した。現在米軍はこのアーマーの使用を禁止している。

マルチカム迷彩の戦闘服

米国クライ・プレシジョン社が開発した迷彩パターン。グラデーションの多用が特徴。

『謎の沈没船を追え！』

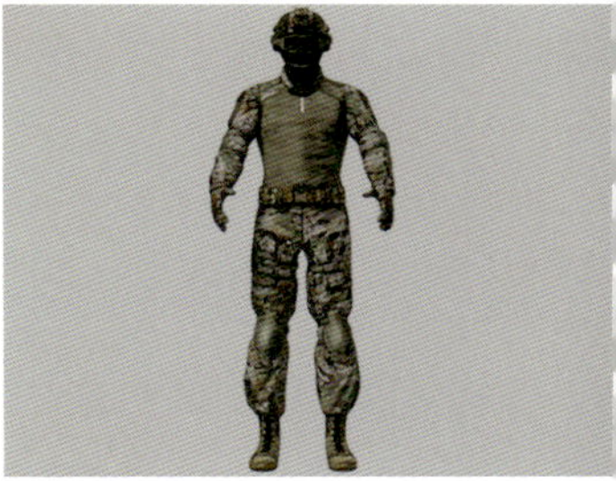

防弾チョッキ3型

付加器材：セラミックプレート
防弾性能：レベルIIIA/レベルIV（プレート挿入時）

PALSシステムを米軍規格にあわせてあり、米軍や民生の装備を装着することが可能。

『台湾侵攻』

プレートキャリア　Plate Carrier

内部に防弾プレートが入ったベスト型の装備。ボディ・アーマーより軽い作り。

『パラドックス戦争』

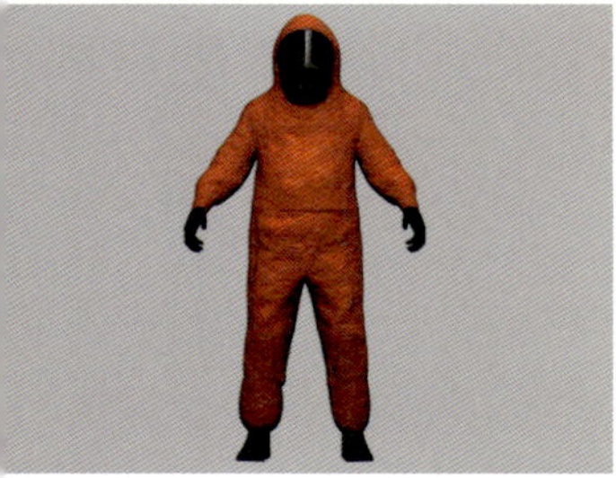

ドレーゲル防護服
Dräger Protective Clothing

世界中で高評価を得ているドイツ製化学防護服。

『謎の沈没船を追え！』

IR レーザー・イルミネーター
IR Laser Illuminator

全長：87mm
全幅：74mm
全高：48mm
重量：224g
電源：DL-123A × 1
バッテリー寿命：5.5 時間 (IR Dual Highmode)

レーザーを照射して目標を捕捉すると同時に、距離を知ることもできる照準器。

『米中激突』

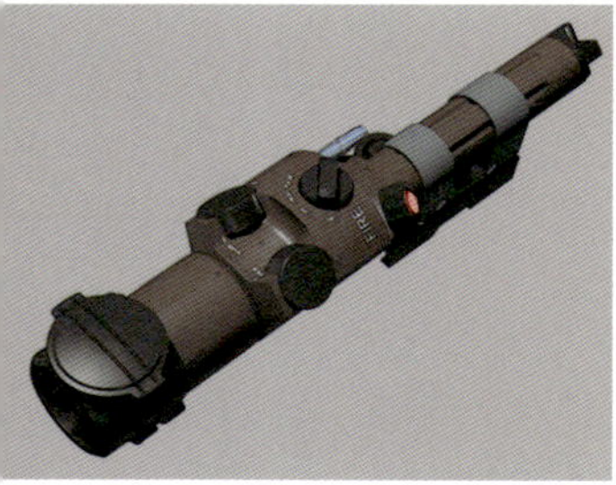

レーザー・デジグネーター
Laser Designator

サイズ：218 × 43 × 46mm
重量：332g
IRポイント範囲：43km
IRフラッド範囲：0.5 度まで 7km
最大出力：990 mW
電源：CR123A × 2
耐水性：2 時間 20 分

レーザー光を当てることにより、誘導爆弾などに命中すべき目標を指示する。

『米中激突』

バッテリング・ラム　Battering ram

全長：800mm
重量：14,500g

閉じた扉や門を強制的に開けるための道具。

『謎の沈没船を追え！』

シュタイナー双眼鏡
Steiner Military 8x30

全長：305mm
全幅：229mm
全高：152mm
重量：558g
倍率：8 × 30
視野：1,000m -120m
視度調整：20mm

各国の警察や軍隊で広く採用されているドイツ製双眼鏡。

『戦略原潜浮上せず』

カールツァイスの双眼鏡
Carl Zeiss Binoculars

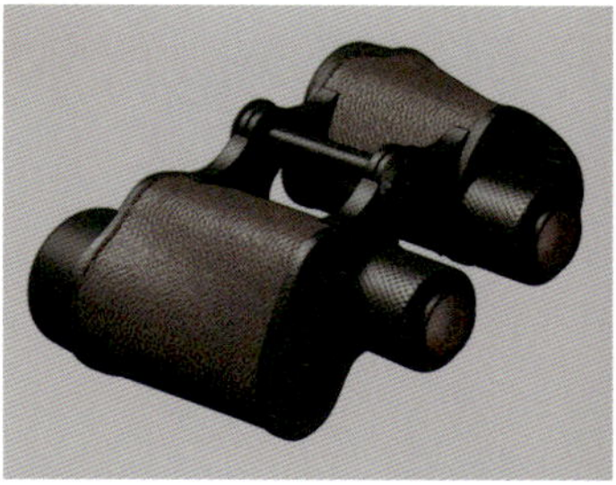

カールツァイス社は第一次大戦時は世界最大のカメラメーカーであった。高い品質の光学機器メーカーとして、世界中で絶大な信頼を得ている。

『台湾侵攻』

再循環ボンベ（タンク）
Drager LAR-VII

呼気を海中に放出せず、炭酸ガスを吸収して酸素を足して呼吸する方式の潜水具。自給式、再呼吸式とも言う。

『沖ノ鳥島爆破指令』

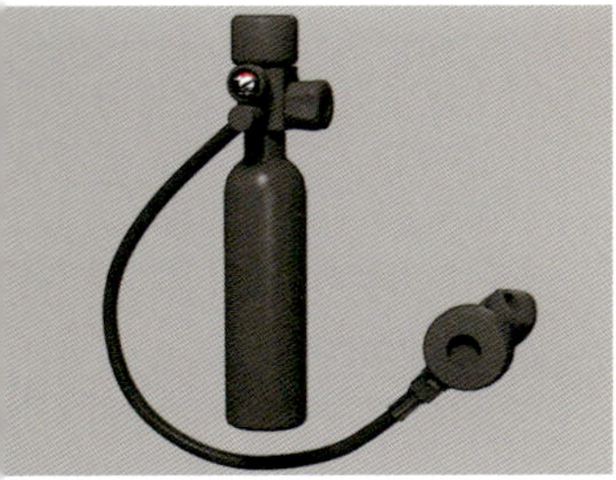

エマージェンシー・ボンベ
Survival Egress Air

全高：267mm
重量：1,360g
充填量：約 42 ℓ
シリンダー材質：アルミニウム
充填圧：約 20.7MPa
ホース長：約 500mm

航空機の搭乗員が携帯し、不時着水などの際に使用する緊急呼吸具。

『沖ノ鳥島爆破指令』

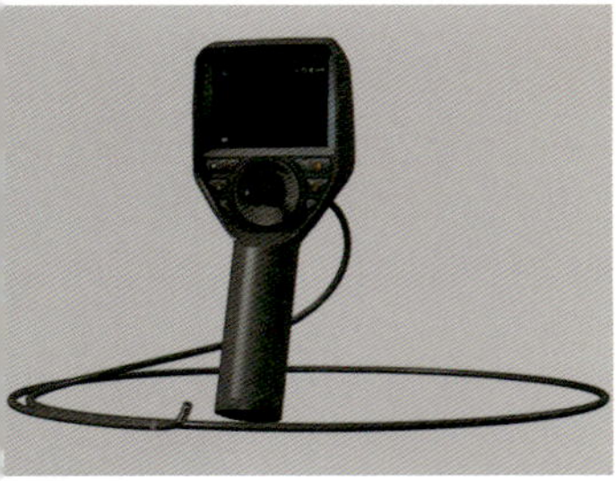

ファイバースコープ・カメラ
Voyager C40 Borescope

サイズ：240 × 102 × 126mm
重量：550g
電源：充電式、2200mAh、4.5Vリチウムイオン電池
稼働時間：最大 4 時間

赤外線光対応のフレキシブル内視鏡。

『死に至る街』ほか

プロトレック腕時計
Pro Trek WSD-F20BK

ケース寸法：61.7 × 57.7 × 15.3mm
ストラップ/バンド幅：26mm
重量：92g
耐水性：5ATM

Wi-Fi、Bluetooth、圧力センサー、加速度センサー、ジャイロセンサー、方位センサー搭載。

『サハリン争奪戦』

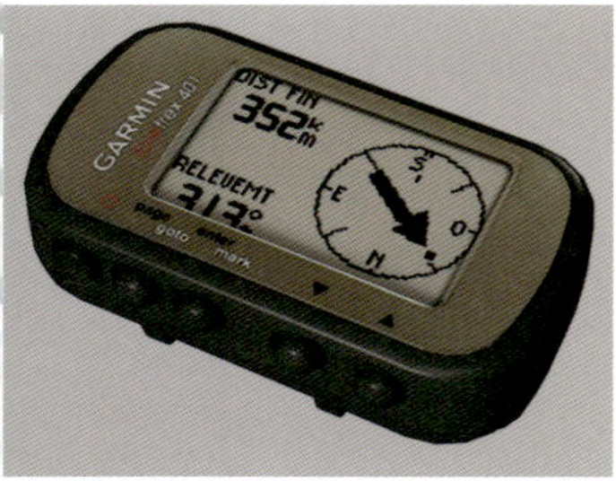

GPS レシーバー
GARMIN Foretrex401

サイズ：74 × 43 × 23mm
画面サイズ：1.7 インチ
重量：87g
電源：単 4 電池× 2
使用時間：17 時間(GPSモード)

移動記録やナビゲーションの機能を備えている。

『対馬奪還戦争』

放射線測定器
Radiation Dosimeters

左・陸上自衛隊 線量計３型
サイズ：60 × 60 × 10mm
重さ：35/45g
右・ペン型線量計
全長：115mm
直径：15mm
重量：19g

測定器と計測器に分かれており、測定器は個々人が携帯して後に計測器にて測定する。

『北方領土奪還作戦』

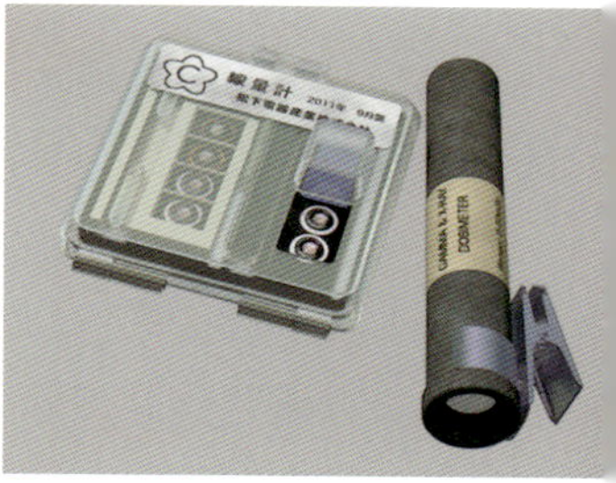

ガイガーカウンター
Geiger Counter

サイズ：重量：約 5,000g

陸上自衛隊が使用している線量率計。γ線の測定と計測を行い、被爆管理をする。

『北方領土奪還作戦』ほか

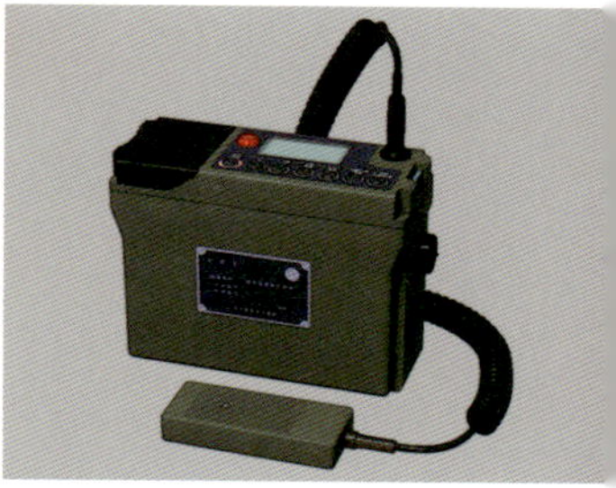

バードウォッチング用の単眼鏡

携帯に便利な反面、双眼鏡よりも焦点距離が近い。

『謎の沈没船を追え！』

グラス・モニター　Glass Monitor

スマート・グラス、ウェアラブル・モニターなどとも言う。

『日中開戦』

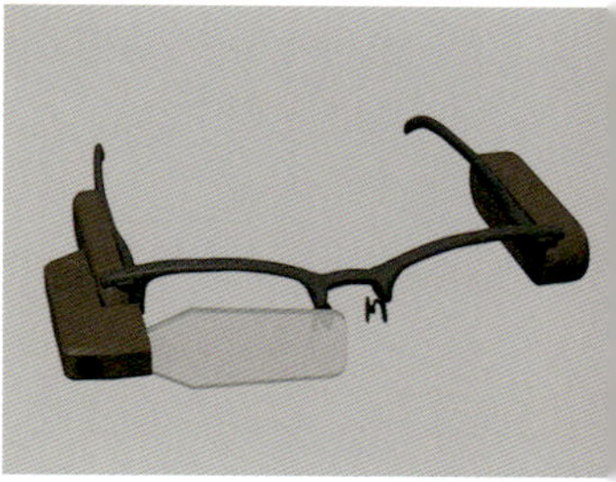

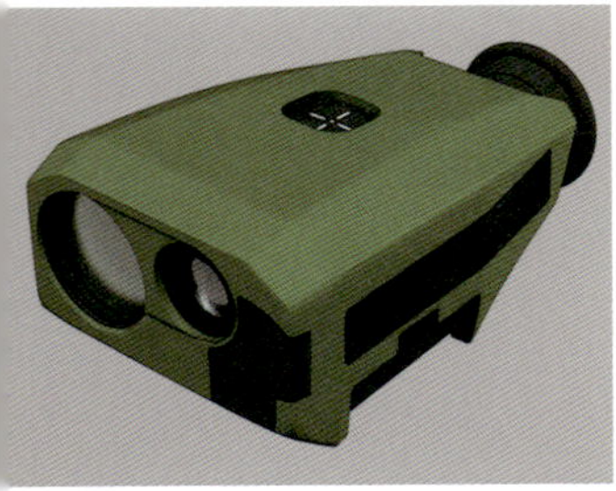

レーザー・レンジファインダー Laser Rangefinder

重量：500g
測定範囲：5-6,000m

レーザー光を放ち、戻ってきた光のパルスを測定して距離を算出する。

『日中開戦』ほか

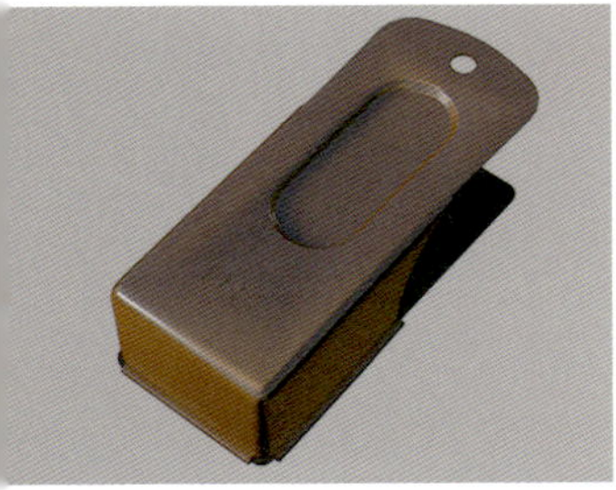

クリケット・クリッカー Cricket Clicker

サイズ：54 × 26 × 18mm
重さ：14.5g

カチカチ（クリック音）と鳴る道具。味方識別や合図に使用する。

『第三次世界大戦』ほか

狙撃手用の水準器

狙撃銃の照準調整をする際などに、銃の傾きを補正するために使用する。

『オルタナ日本』

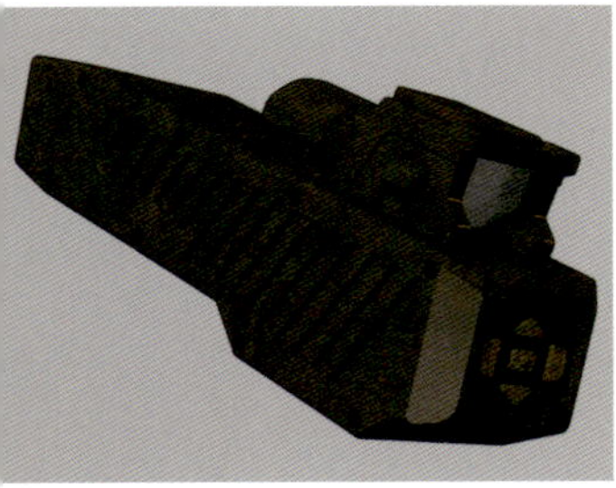

自動照準システム SMASH 2000 PLUS

全長：198mm
全幅：81mm
全高：82mm
重量：1,185g

イスラエルSmartShooter社が開発した電子光学照準機器。内蔵の弾道コンピューターが目標に命中しないと判断した時は、引き金を引いても弾が出ない。

『東シナ海開戦』

レーザー検知センサー
Leser Detector

サイズ：82 × 58 × 45.1mm
重量：150g（電池なし）
視野角：210°(水平方向)× 120°(垂直方向)
検出波長範囲：0.8-1.8 μm
稼働時間：12 時間

レーザーを照射されている＝狙われていることを検知する。

『台湾侵攻』

分隊電源管理装置
SPM-622 Power Manager

サイズ：112 × 81 × 31mm
重量：454g

規格の違う電源からでも、機器への電力供給や充電ができるようにする変換／分配装置。

『消滅世界』

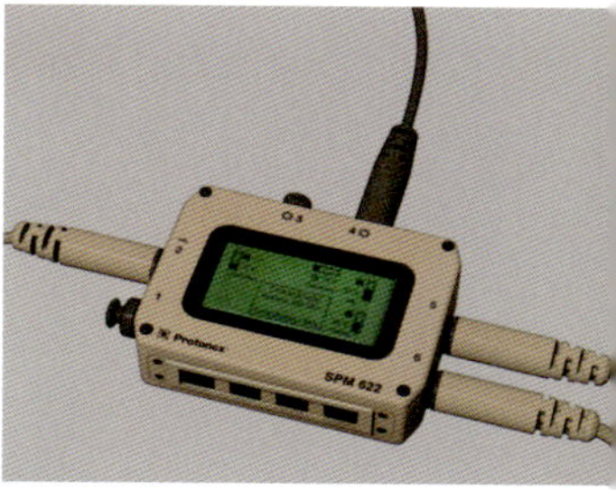

サウンド・センサー
Gunshot Detector

重量：313g(センサー、電池込み) 114g (ディスプレイユニット、ケーブル付)
検出範囲：50-700m
電源：CR123A× 2
バッテリー寿命：14 時間

銃声を感知して、方向や距離を算出することができる。

『消滅世界』

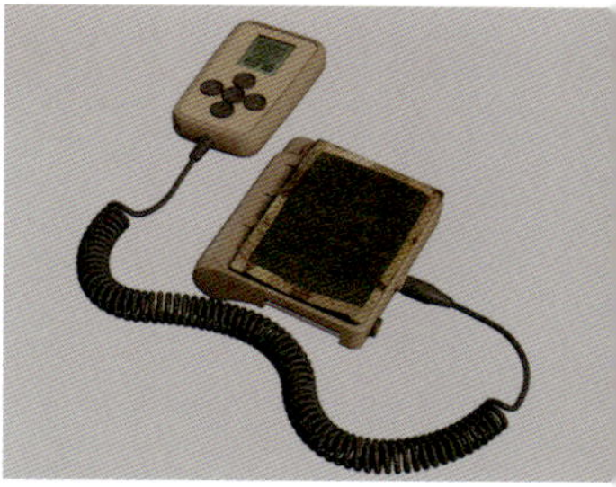

応急措置キット
IFAK(Improved First Aid Kit)

負傷の初期治療に必要な品がまとめてあり、兵士ひとりひとりがこれを携帯することによって、迅速な対応が可能になる。

『覇権交代』

オペラグラス　Opera Glass

接眼レンズに凹レンズを使用しており、双眼鏡よりも小型軽量な反面、倍率はあまり高くない。

『対馬奪還戦争』

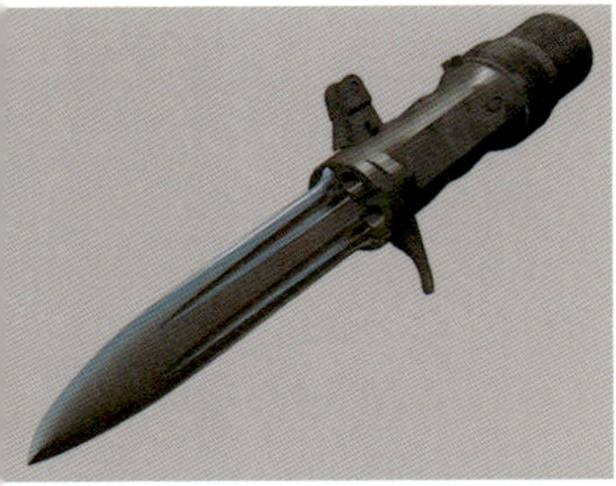

87式ナイフ・ピストル NORINCO Type87 Knife Pistol

口径：0.22LR／全長：260mm
銃身長：85mm×4本
刃渡：138mm
重量：460g
装弾数：4発
初速：300-320m/sec
有効射程：50m

柄の内部に銃弾が填められていて、刃に沿って発射される。

『自由上海支援戦争』

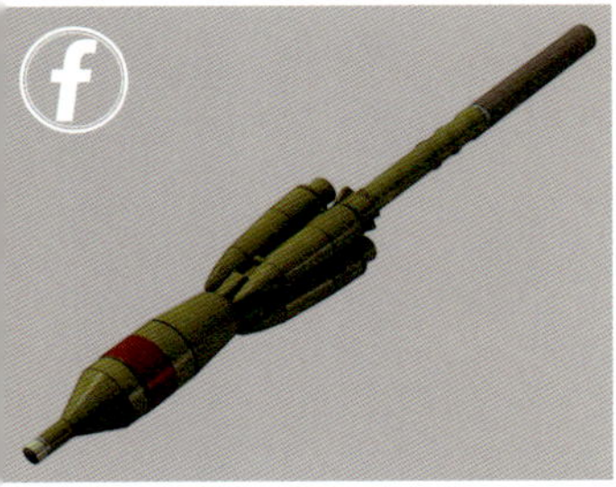

ヴォストーク特殊弾頭弾

RPG-7ロケット弾発射器から発射できる核弾頭。しかしロケットブースターの噴射がすさまじいため、通常のように人間が構えて射つことはできない。

『北方領土奪還作戦』

アルマジロ

中国のベンチャーが開発した小型自爆ドローン。車体中央部に82-2式手榴弾をはめ込み、クワッド型ドローンに吊り下げて敵陣近くまで運ぶ。バネ仕掛けでジャンプすることができ、階段や塀を飛び越えて進む。着地時にひっくり返っても走行できる。

『台湾侵攻』

サイレント・コア徽章

幅 74mm×高 24mm

サイレント・コアは秘密部隊なので、特別の理由がない限りは着用しない。

『新世紀日米大戦』ほか

部隊章

サイレント・コアは秘密部隊なので、特別の理由がない限りは着用しない。

『死に至る街』

訓練小隊の識別帽

本来は部隊名はなるべく隠しておきたいのだが、何もないのも逆に不審に見えるのでやむなく作成されたと思われる。

『台湾侵攻』

デジタル無線機ワープ 7

通話可能距離：10km(見通し)

民間企業が開発した秘話機能付き高性能無線機。偽装した会社が数百個を購入したことで、警視庁公安課が不信感を抱いた。

『石油争覇』

〈サイレント・コア〉
シリーズ
書き下ろし
短篇小説

「オメガと呼ばれた男」

大石英司

猛烈な吹雪だった――。

横殴りの雪の塊が容赦なく頬を叩く。六人の男たちは、互いをロープで結んで確保し、吹きだまりの中をラッセルしながら進んでいた。

最初は、ただの風の音だと思った。あるいは疲労と寒さが原因の幻聴のようにも感じたが、それを聞いたのは一人だけではなく、二人に増えたことで、その悲鳴は現実のものと受け止めるしかなくなった。

叫び声を返し、ホイッスルを吹いて応答したが、しかし返事はなかった。こんな場所でこんな時間帯にあり得ないと思ったが、男たちは、風が少し弱まったところで、頭をつき合わせて相談し、捜索救難モードに入った。

状況は最悪だった。他人の救難どころか、自分たちすら遭難しそうなほどの天候だった。高度は一五〇〇メートルを越えている。ガスが出て、ヘッドライトを向けても視程は一〇メートル前後しかない。

あまりの低温で、ＧＰＳナビゲーターのモニターが消え、一度ならずロスト・ポジションとなった。

縦一列での前進をやめ、横一列に広がっての前進を開始する。自分たちが遭難するリスクも高まるが、何かあったら遭難用ビーコンを頼りにするしかない。

携帯はもちろん繋がらず、無線に応答する声もないので、チーム・リーダーの原田《はらだ》拓海《たくみ》一尉は、緊急時以外は使用しない前提で持参した衛星携帯で、地球の裏側の部隊本部を呼び出し、状況を伝えた。

後々問題になると拙《まず》いので、地元警察に必ず状況を報せるよう要請した。
やがて、嘘のように雪は降り止んだ。猛烈な風も止んだ。雪が止んだ後の地面は、サクサク、キュッキュッと締まって心地よい。これがレジャーとしてのスキーならさぞ気持ち良いだろうが、今は夜で、これは相当に過酷な雪中行軍訓練だ。鉄砲と火薬以外、ありとあらゆる装備を背負い、荷物は各自三〇キロ近くもの重量になる。これに鉄砲と弾薬が加わると、たちまち四〇キロを超える。
ザックの背中にはクロスカントリー用のスキー板。履いたスノーシューは、この新雪とどか雪ではほとんど役に立たない。一歩踏み出す毎に、腰まで埋まる。
各自仲間を見失わないよう、胸と背中に百円玉サイズのフラッシュライトを付けていた。全員、色違いのライトだ。それで、バディを見失わずに済む。
先頭を行くアイガーこと吾妻《あづま》大樹《だいき》士長が、一瞬立ち止まり、ヘッドライトで周囲を観察する。
そして、斜め前方をヘッドライトで照らした。降雪が足跡を消しているが、間違いなく人が歩いた跡があった。それが尽きた場所がこんもりと盛り上がっている。
全員が、そこを目指して必死に雪を掻いた。一番近い場所にいた原田が真っ先に辿り着き、グローブを填めた右手を雪の中に突っ込んだ。
明らかに人体とわかる物体が埋まっていた。まだ弾力があった。体温があるかどうかまではわからない。
「いたぞ！――」と声を上げ、一心不乱に雪を掻き始めた。
ここに倒れてどのくらいだろうかと思った。声を聞いてから最低一時間は経過している。積もった雪は二〇センチ前後だ。
すぐ人間が現れたが、驚いたことに、この寒空に、ジーンズにTシャツ。そして裸足だった。低体温症で青白くなった顔はまだ若い。二〇歳前後のブロンドの女性だった。
そこは、二〇度ほどの斜面になっている。かなりの急斜面で、雪崩《なだれ》の危険もあった。雪の深さは恐らく二メートル近いだろう。
ガルこと待《まち》田《だ》晴《はる》郎《お》二曹がてきぱきと命令を下していく。
二人がスコップを使って、あっという間に斜面を平らにすると、その上にツェルトを広げた。原田はバイタルを確認したが、脈拍は確認できなかった。体温は、恐ろしく下がっているとしかわからない。航空自衛隊・救難隊員時代に、何度か冬山遭難で出動したが、これは「心肺停止」と判断されるケースだった。
寝袋を一枚広げて、その女性を入れると、原田は「誰がヒーター役になる？　ジャンケンしている場合じゃないな。ボーンズ！　君が入れ」
ボーンズこと姉《あね》小《こう》路《じ》実《さね》篤《あつ》三曹がその場でパンツ一枚になると、寝袋に一緒に入り、下から彼女を抱き上げた。
原田がその上から心臓マッサージと人工呼吸を開始する。今は少しでも暖まった空気を外から送り込む必要があった。
「ヒート・パックを作るぞ。ジェット・ボイルを出して、全員ハイドレーション・パックを空にしろ！　ニードルとシェフ。ガス・ストーブでヒート・パックを作れ。ガル！　状況が地元警察に伝わるよう連絡してくれ」
「了解。ここは衛星の電波が捕まらないので、上に登ってきます。でもどの道、この天気では、しばらく救援隊は見込めません。ここで救命するしかない」

　ニードルこと由良慎司《ゆらしんじ》士長とシェフこと赤羽拓《あかばねたく》真《ま》士長が、僅か六〇秒で一リットルの水を沸騰させられるジェット・ボイルで、雪を溶かしてお湯を作り、空にしたハイドレーション・パックを一杯にしてヒート・パックを作る。これが野外で用意できる最強の保温装置だった。

「アイガー！　上か下か、テントを張れるだけの広さがある場所を探せ！　要救助者を抱えているから、下の方が楽だろうが……」

「この斜面だと、新雪雪崩の危険があります。大変でも、上に担ぎ上げることを進言しますね」

「わかった。じゃあ上だ！　安全な場所にテントを設営して、彼女を担ぎ上げるための担架を作ってくれ」

　全員分の白金懐炉を寝袋の中に入れ、更にガス・ストーブでツェルトの空気を暖めた。

　心拍は五分もせずに戻ったが、意識は戻らなかった。その間、さらにヒート・パックを作って温めた。ガス・ストーブで雪を溶かしてお湯を作り、全員のハイドレーション・パックに入れ、それを胸の上、お腹、そして血流を温めやすい脇の下へと入れた。

　一〇分ほどで自立呼吸が戻ってきたが、体温が低すぎて意識はまだ戻らなかった。原田は、もう少しまともな空間が欲しかった。

　このままの状態で上に引っ張り上げられるだろうか……。ヒート・パックの数は足りているはずだ。あとは、まともなテントに移して、空間全体を温められれば何とかなるが、今は、狭いツェルトの中で、寝袋の足の部分は、ツェルトの入り口からはみ出していた。せっかく温めた上体の血液が、腰から下を巡って戻る時に、また冷やされてしまう。しかも吸い込む空気は零下だ。

ゴアテックスのシュラフ・カバーで足下をくるんだ。上部まで二〇〇メートル以上の登りになる。どこかにロープを張って引っ張り上げるしかない。できることは全てやった。後は、この女性の若さに賭けるのみだ。

「隊長、この状況、変ですよ……」

と女を下から抱き上げる姉小路が言った。

「何が？」

「一番近い街まで、たぶん一〇キロかそこいらはあります。そりゃ、リゾートだから、ロッジの類はあるかもしれないが、いずれにしても、ジーパンにＴシャツで外出なんてありえないでしょう。こんな季節に。だとすると、車から放り出されたか、逃げてきたかだ。でも道もないから、車はありえない。だとすると、付近の山小屋から逃げ出してきたとかじゃないですか？」

「こんな格好で、しかも裸足だぞ……」

「それだけ緊急な事態で、焦っていたということでしょう」

「特に打撲の痕跡とかはない。ＤＶじゃなさそうだ。歯列矯正しているから、育ちは良さそうだが……。全員、インカムを装備して警戒しろ。様子が変だ」

待田が上部から降りてくる。

「本国の隊本部からです。なぜか地元警察と電話が繋がらない。だが米大使館には連絡したそうです。救援隊を向かわせるから、ＧＰＳ座標をくれというので教えました」

「救援隊と言ったって、こんな天気でここまで来られないだろう？」

「夜が明けて、天候が回復したらということじゃないですかね。担ぎ上げてビバークしましょう」

「そうしよう。まず平地まで戻ってまともなテント。それから、担架を担ぎ上げるための滑車の設定を頼む」

原田の経験上では、体温の戻りが良くなかった。拓けた場所はほとんどない。尾根のやや下、雪崩の心配をせずに済む場所を整地してまずテントを張り、杉の木を利用して滑車を張り、要救助者を乗せた担架をロープで引っ張り上げる。時間と根気の要る作業だった。

ツェルトの外にいる四人でその作業に掛かっていると、尾根の下から、人間のヘッドライトが見えるとアイガーが報告してきた。見えるヘッドライトはひとつ。捜索隊がこんなに早く駆け付けられるはずもないので、この女性が逃げてきた原因の人物が追いかけてきたのかもしれない。

全員、灯りを消して木陰に潜み、その人物をやり過ごすことにした。暗視スコープでニードルこと由良慎司士長が観察する。比較的軽装で、もくもくとスノーシューで雪面を登ってくる。スキー板を背負っていた。

不思議な光景だった。自分たちは必死にラッセルしたのに、その人物は、まるで踏み固められた地面でも登るかのように、スノーシューで一歩一歩確実に登ってくるのだ。

フードを被っていて顔は見えないが、明らかに男性だ。

男性はまっすぐ、彼らがドーム型テントを張った場所まで来ると、空のテントの中を覗き込んでから、ストックを上げて、

「そこと、ここと、そこだ！——。それで隠れているつもりか？」

とストックで、男たちが隠れている場所を差して声を上げた。

原田が木陰から顔を出して、「失礼しました！　捜索隊はどこですか？」と尋ねた。

「俺が捜索隊だ。麓《ふもと》の消防隊から呼び出された。

保安官が、三日前からスノーモービルを貸してくれというものだから、歩いて登る羽目になった。遭難者はどこだ？　無事なのか。なんで君らはそんなに用心する？」

「ああ、はい。この尾根の東側斜面です。遭難者はこの下で、ひとまずツェルトを張って仮収容しました」

「案内しろ」

と男は、雪原の足跡を歩き始めた。よく通る声だが、若くはなかった。老いた声だった。原田は慎重に男の体型を視線で探ったが、防寒着の下にピストルの類があるようには思えなかった。アメリカ人にしては、長身でもない。

斜面を下り、ツェルトの場所に案内した。

男は、ゴーグルを外してツェルトの中に上半身を突っ込んだ。

「叫び声を聞いて、捜索しました。ジーンズとTシャツ。そして裸足で埋まっている所を掘り起こして救命しました。自発呼吸は戻りましたが、まだ意識はありません。体温も下がったままです」

男、というより老人は、寝袋の胸の辺りを少し持ち上げた。暗がりだが、アジア系の顔付きだった。

「ほう。ハイドレーション・パックでヒート・パックを作ったのか。まさか中身は小便じゃないだろうな。適切な救命措置だ。だが変だな。この辺りに人家はないし、道路もない。雪上車で上がってこられる場所でもないし。君らが用心したのはそのためか……」

「失礼ですが、救難隊が駆け着けるには早すぎる。貴方はどこからいらしたのですか？」

「近くのロッジというか、山小屋で暮らしている。この地域の捜索救難隊の顧問も務めている。消防隊から呼び出されて、まあ探しては見るが……、

と出てきた。いったん尾根の上まで運び上げてから、私の山小屋に収容するのが良いだろう。上まで担げるか？」
「今、その準備をしていたところです。橇《そり》もあるので、下るだけなら問題ないでしょう」
「橇？　君らいったい何者だ？」
「クロスカントリーのグループです」
　ボーンズが、下から抱き上げる遭難者にネックカラーを巻き、そのままツェルトでくるみ、バーティカル・ストレッチャーに乗せて二人ごと上まで引っ張り上げた。ロープの長さは四〇メートルしかないので、途中、滑車を三度付け替えた。
　そこでさらに、装備を乗せていた橇に担架を固定する。同時に、急いでドームテントを畳んだ。視程はかなり回復していたが、時々分厚いガスが視界を奪った。橇の前を四人で確保し、老人の先導で出発した。
　木立の間を縫うように滑り降りていく。スノーシューからスキー板に履き替えた老人のスピードは、とても年寄りとは思えなかった。
　一〇メートルごとに立ち止まっては、後ろを振り返る。橇を後ろに引っ張る原田は、遅れまいと必死でストックを漕いだ。
　二〇分ほど滑ると、突然木立の中に山小屋が現れた。木立の中、一五メートルほどの高さに吊り下げられたフラッドライトが、その山小屋を幻想的に照らし出していた。
　山小屋というには大きな家だった。
　全員が到着し、家の中に遭難者を入れると、老人は真っ先にそのフラッドライトを消し、窓に分厚いカーテンを引いた。
「誰か外に出て、雪面の足跡を消せ。その程度のことはできるだろう。風呂を沸かす。バスタブで温めよう」

暖炉があった。外と比べても十分暖かかったが、薪をくべて火を点ける。まるで、スキー場のペンションのロビーという感じの作りだった。

　老人が、トイレや水場を説明し、装備は暖炉の近くで乾かすようてきぱきと指示する。明らかに軍歴ありだった。指示というよりは、命令に近いものを原田は感じた。

「私の名前はマイケル・グエン。君らは、外国人で、しかもハイドレーション・パックでヒート・パックを作る知恵がある。そういうのは普通、山岳救助隊か、特殊部隊のサバイバル訓練でしか学べない。おまけにバーティカル・ストレッチャーまで？」

「自分らは日本人で、自衛隊員です。ここには休暇を取り、私費で雪中訓練中です」

「地球の裏側で？　日本にも雪深い所はあるだろう」

「違った環境での訓練も必要ですから。もちろん、武器の類は携行していません」

「わざわざ私費でアメリカまで来たのか？　そんなに給料が良いのか？……。ま、彼女にとっては、君らがいたのは不幸中の幸いだったな」

　バスルームを覗いて、原田は驚いた。総檜造りの和風のバスタブだった。湯船に湯を張って、温度を見つつ、遭難者をゆっくりと沈めた。

「保安官事務所に連絡して頂けますか？」

「なぜか電話が繋がらない。ああ。だがまあ、そう急ぐことはない。意識が戻ってからで良いだろう。ここはアスペンのスキー場が近いせいで、バック・カントリーの遭難者は珍しくない」

「見たところ、道路の類はないようですが？　それに、地図ソフトで覗いても、この辺りに山小屋はなかった。こんなに大きな建物なのに」

「ここを建てた後、私有路は潰して成長の早い木を植えた。スノーモービルでしかアクセスできない。静かな生活を誰にも邪魔されたくなくてね。郵便物は、麓の郵便局の私書箱に届く。なんとかアースとやらはまあ、雲が張っていた日の撮影だったんだろう」

　ずっと裸だった姉小路にシャワーを浴びさせて先に出させた。遭難者の体温がぐんぐん上がってくるのがわかる。

　やっと意識が戻ったが、彼女は酷く怯《おび》えた顔で、グエンの「大丈夫かね？」という問いかけにも、頷くのみだった。

「娘の肌着やスエットがあるから、それを着てくれ。もうしばらく暖まった方が良いだろう。何か事情がありそうだが、それは後で聞く。頼むから、その格好でまた逃げ出そうなんてしないでくれ。ここは安全で、誰も君に危害は加えない。さあ、われわれはお暇しよう！」

　グエンに促されて、原田もバスルームを出た。バスタオルを首に懸けた姉小路が、天井まで高さがある書棚の前で、並べられた本の書名を読んでいた。

「ロシア語の本が四割。日本語、ベトナム語、中国語の本が二割ずつ。いったい、お仕事は何ですか？」

「君はロシア語は分かるのかね？」

　とグエンはロシア語で尋ねた。すると、姉小路もロシア語で「日常会話程度なら」と応じた。

「そうか……」

　とグエンは納得したような顔で言った。

「君のザックに〝アネコウジ〟というネームタグが縫い込んである。日本でも珍しい名字だ。私が知っている唯一の姉小路姓の持ち主は、日ソ貿易の立役者だ。冷戦崩壊後、ロシア経済を巡るセミナーで何度か一緒に仕事をしたことがある。親父に反発した息子は、一兵卒として自衛隊に入ったと聞いたが……。本来なら情報部隊にいるはずのそんな優秀な男を引き抜ける部隊となるとひとつしかない。音無《おとなし》は元気にしているか？」

　グエンは、最後のその科白《せりふ》だけ日本語に切り替えて喋った。全員がその場で凍り付いたように動きを止めた。全員の動作が止まり、そして蒼ざめた。皆、血の気が引きそうな顔付きだった。

「いったい……、何者です？　貴方……。総檜造りのバスタブなんて、ベトナム系じゃなく日系人ですよね？」

　と原田が聞いた。

「ここだけの話だぞ」

　と老人は滑らかな日本語で話し始めた。全くりゅうちょうな、ネイティブな日本語だった。東京辺りで老人が喋っている感じだった。

「地元では、子供たちに柔道を教えるベトナム難民のお爺ちゃんで通っているからな。音無の部隊が立ち上がった頃、フォートブラッグでの訓練に関して手配してやった。それから、ええと……、そこの壁に掛かっている三段目の写真、見覚えはないか？」

　待田が、その写真の前に近付いて「ゲッ！」と呻《うめ》いた。繋ぎの軍服を着た男性に、こちらも繋ぎの戦闘服を着た若い女性がしなだれ掛かっている。

「凄《すげ》ぇ！　これ司馬《しば》さんの若い頃だ。もうカラー写真があったんだ……」

「光《ひかる》君には、ナイフ・コンバットを手ほどきした。風の噂に、とうとう音無も引退し、光君も部隊を離れたと聞いたが。あの昼行灯《ひるあんどん》が部隊長か？」

「まあ、なんとかやっています。ところで、貴方は……」

「私は、ロシア語の専門家だ。ベトナム語は、ベトナム戦争で覚えた。中国語は最近、ボケの予防で勉強し始めた」

「なんとかアースに、この山小屋の写真が写っていないのは、貴方の安全のためですね？」

「まあね。別に逃げ隠れしなきゃならんような後ろ暗い話はないが、静かに暮らすためだ。君ら、フォートブラッグからの帰りだろう？」

「はい。休暇には違いありませんが、フィールドを広げるために、いつもそうしています」

「昔、音無にそう進言したのは私だよ。わざわざ高い飛行機代を使ってくるんだ。制限のない広大なフィールドで、少人数編制で山岳訓練でもして帰るようアドバイスした」

　バスルームからスエットを着た女が出てくる。原田が、「体温を測らせてください」と昔ながらの水銀体温計を差し出し、暖炉のそばのアームチェアに座らせ、さらに暖めたスポーツ飲料をボトルごと渡した。

「この一リットルをゆっくり飲み干してください。あなたの手足は軽い凍傷を起こしています。水分補給で改善できるでしょう」

「貴方たち、中国人じゃないのね？」

　と女性は不安げに尋ねた。

「私はこの山小屋の住人。彼らは、日本人だ。休暇中の兵士だよ。パスポートでも見るかね？」

　彼女は、十分だという顔で首を振った。

「保安官事務所に連絡したいが、どう報告すれば良い？」

「それはやめてください！　保安官事務所はすでに敵に制圧されました。保安官はまだ無事かもしれないけれど、私の居場所を教えるようなものです。私、ここを目指して逃げ出したんです。でも、途中で迷って……」

「すると、あの尾根二つ向こうのロッジから逃げ出してきたのかね？　無茶だよ、こんな所まで。

しかも裸足で。よく知らないが、あのロッジは、とあるＩＴ長者が建てたらしいね。それまで携帯は圏外だったのに、アンテナが立った。まあ、使わないのも何だから私も使っているが。時々、ＶＩＰが訪ねてくるらしくて、保安官がしょっちゅうスノーモービルを借りに来る。君もそのＶＩＰなのだろう？」

「いいえ、私は父親同士が知り合いというわけじゃなく、娘さんと大学で一緒の縁です。エール大で……。ソニアが私を二階から逃がそうと。どうしよう、彼女殺される……」

「君は誰かに誘拐されていたのか？」

「私は、ナターシャ・ニーソン。父は、国土安全保障省長官のダグラス・ニーソンです。冬休みを利用して友達の別荘に来たら、中国人の武装集団に襲撃されて、二人のシークレット・サービスは射殺されました。彼ら、ある中国人の国外脱出の人質として私を誘拐するつもりだったけど、犯人グループはソニアと私を取り違えて。でもいずれ気付くわ……。もう気付いたかもしれない。メキシコ人の使用人が二人いたけれど、必要な情報を聞き出したら、ロッジの外へ連れ出されて射殺された。今頃、遺体は雪に埋まっているわ……」

「武《ウ》衛東《ウェイトン》か……。これはまた大変なやっかいごとに巻き込まれたな」

「確か、そんな名前でした。なぜ貴方はご存じなのですか？」

「時々、新聞に出ていた。武衛東は、君のお父上がモスクワ時代にスカウトした大物スパイだ。兄の武《ウ》勝利《スヲンリィ》は、中国政府のチャイナ・セブン。つまり要人だったが、不正蓄財の疑いを掛けられて半年前失脚した。同時に、弟の武衛東は、アメリカに、というより君のお父上に政治亡命を求めたが、中国政府との付き合いを考えたホワイトハウスは拒否した。だが、長年の功績に鑑み、偽名での入国は認めた。彼は、米国内の隠れ家を、何百億ドルもの不正蓄財を使って転々としていたが、北京政府は、弟の身分引き渡しをたびたび要求してホワイトハウスとお父上は難しい立場に置かれていた」

「プライベート・ジェットで南米に脱出するそうです。その離陸許可を得るために、私を人質に取るんだと言ってました。全員中国人の傭兵です。機体が安全な所まで脱出したら、解放すると」

「それはあり得ないな。武衛東は一人娘を失ったばかりだ。イギリスのオックスフォード大学で学んでいたが、北京は、娘を人質にして彼に帰国を促そうとして拉致した。ところが娘は、ロンドンに向かって高速を走っている車から飛び降りて事故死した。武衛東は、家族を呼び寄せる約束をお父上が反故《ほご》にしたと怒っている。だから、君を生かして解放するつもりはさらさらないだろう。自分と同じ悲しみを父親に与えるつもりだ」

ナターシャは、なんでそんな事情通なんだと目をぱちくりさせた。グエンは、にやりと笑った。

「私は昔、君のお父上の隣の組織にいた」

「ああ、フォートミードの……」

「八〇年代後期のまだ冷戦の最中、ＣＩＡに入局したてのお父上はモスクワに配属された。ところが、何しろ場所は冷戦の最前線だ。新人のお父上にはコピー取りの仕事くらいしか回ってこない。だが、お父上の才能を見抜いた上司が、新分野の開拓を委ねる。つまり、モスクワに留学してくる中国のテクノクラートのスカウトだ。お父上は、北京語を猛勉強し、モスクワにやってくる中国共産党のテクノクラートを片っ端からリクルートしてスパイに仕立て上げた。そりゃもう、ＣＩＡの伝説と言って良い。機体はもう離陸したのかね？」
「いえ。天候不順でまだ空港に留まっていると聞きました。父は、それなりに時間稼ぎするでしょうが……」
「率直に言って拙い状況だ。奪還チームを送り込めるような天気じゃない」
　老人は、分厚いカーテンを引くと、部屋のライトを全て消した。暖炉の炎だけが灯りになった。
「ソニアさんとやらは、どういう人？」
「ソニア・ハート。彼女にも、それなりの身代金が必要でしょう。下院議長レイチェル・ハート議員のお孫さんです。父親は、ニューヨークの投資家。ロッジは今、その父親に買い取られています」
「ちょっと、私の娘に電話を掛けさせてくれ。私は君が五歳くらいの頃、ホームパーティで君と一度会っているよ。私の娘は、時々、君の父上にブリーフィングしているはずだ。私はロシア問題の専門家だが、娘は、何でも屋《オールラウンダー》でね」
　老人は、スマホを手に取ると、孫の顔写真をタップして電話を掛けた。相手が出るなり、「ステップ・スリー。アウト――」とだけ言って電話を切った。
　そしてスマホを、机の引き出しから出した怪しげなクレードルに差した。
「スクランブラー変調器だ。古巣からもらってきた」
　一分ほどして電話が掛かってきた。老人は、スピーカーフォンにして話した。
「ダッシュ・ワン、セーフ。確認しろ」
「ダッシュ・ツー、セーフ。確認したわ。何なの？　こんな時間に？　どこから掛けているの？　パパ」
　スクランブラーを使っているせいで、声がだぶって聞こえた。

「家からだ。アイコはどうした？」

「もう寝ました。明日朝一で約束があって早いのよ」

「ブリリアント・アラートが出ている形跡は？」

「アラート？　何言っているのよ？　パパ！」

電話の相手の声が突然変わった。少し狼狽している感じだった。

「ミライ……。こいつは、極めてクリティカルな事態だ。慎重に動かなきゃまずいぞ」

「ブリリアントは誰なの？」

「今週のコードを知らない。お前が火曜日の朝、ブリーフィングした相手だ。いいか、彼に直接伝えろ。ベクターは保護した。私のところで保護している。ベクターは全く安全だが、まだ人質が取られている。それもブリリアント案件、ベクターだ。可能な限り時間を稼げと伝えてくれ」

「ベクターって……。パパ。そのロッジでのことなの？」

「ああ、父親のスケジュールを確認しろ。ただし、ＳＳはすでにアウトで、麓の保安官事務所も抑えられた。天候が悪く、向こう十二時間以内の強襲《アサルト》部隊《チーム》の投入は全く不可能で、たぶん無謀だと進言しろ」

「わかったわ。チェンバーの招集を要求します。パパ、じっとしていなさい！　命令です！」

「もちろんだとも。自分の歳くらいわかっているさ」

電話を切ると、老人は、バーカウンターの後ろへと移動した。

「一杯飲むか？　君ら」

とグエンは日本語に切り替えて尋ねた。

「ええ。後でぜひ……」

と原田が言った。

「君ら、武器は携行してないわけだよな？」

「はい。誤解のもとになりますから、短いサバイバル・ナイフを持っている程度です」
「それは困ったな。いや、その前に、君らがここで作戦行動する権限をクリアしなければならん」
「デルタなり、ネイビー・シールズを待たなくて良いんですか？」
「彼を乗せた飛行機が離陸し、大陸を横断してメキシコ上空に入ったら、人質は殺されるだろう。その前に動くしかない」
「個人的には、協力したいですが……」
「昼行灯に電話しろ。東京は昼だろう？」
「わかりました。隊長は今日、何か予定があるとか言ってなかったっけ？」
と原田は待田に聞いた。
「奥さん方の親戚の結婚披露宴があるから呼び出すなとか言ってましたよ。でも習志野には、先任として姜《かん》三佐が残っているはずです」
「彼女にはまだこんな決断は無理だろう。司馬さんはどう？　部隊を離れたけど」
「あの人、週末は仕事用の携帯は電源切ってますから。ま、俺は私用の携帯番号を知ってますけどね」
「掛けてくれ——」
「出るかどうかわからないですよ？」
「あの人に決めさせるしかない」
待田が電話を掛けると留守電になっていた。老人が、「オメガの要件だと伝えろ」と待田に命じた。
それを留守電に吹き込むと一分と掛からず、折り返し電話が掛かってきた。
「お休みのところを申し訳ありません。スピーカーモードにします」
「司馬さん！　原田です。コロラドスプリングスにいます。実はその……、ある事件に巻き込まれまして、作戦への協力を求められています。許可を頂けますか？」
「原田さん、貴方、オメガが何者か知っているの？」
「ああいえ。ここにいるご老人は、マイケル・グエンと名乗っておいでです」
「そこにいるの？　ヒーロー――！」
「ああ、光君。声が聴けて嬉しいぞ！　君もようやくお役御免だって？」
「そう言い切れれば良いんですけど。貴方はまだ予備役のリストに名前があるんですの？」
「なんでも、機密を知り過ぎているとかでな。辞めさせてくれんのだ」
「たまには日本に来て下さいな」
「この歳になると飛行機の長旅は疲れる。君こそ、スキーにでも来れば良い。部屋はいくらでも余っている」
「そのうちにぜひ。原田さん、オメガの命令に従い、必要な作戦を遂行しなさい。それと、失礼のないようにね。彼、合衆国陸軍中将ですから。まあでも、貴方たちの出番はないと思うけど。私は、ナイフ・コンバットの全てを彼から学びました。あと、ガル。私の電話番号はさっさと削除しなさい！」
「アイ・マム。お邪魔しました。ガル、アウト――」
　携帯を切った途端、玄関の上と、暖炉の横にある赤いＬＥＤランプが点滅を始めた。
「おっと、お客さんが来たらしい。窓ガラスは全て防弾仕様だ。ＡＫの弾程度なら止める。君らはここで彼女を守れ。私はちょっと様子を見てくる」
　カウンターの後ろに、地下室へ降りる出入り口がある様子だった。原田は「ボーンズ！　付いていけ！」と命じた。

姉小路は、急いで防寒着を着込み、スノーブーツを履くと、ニードルが手渡したサバイバル・ナイフをポケットに入れて後を追った。

赤い暗視照明で照らされた地下室には、ありとあらゆる装備、用具が飾ってある。ないのは実銃くらいのものだったが、それは別の場所に仕舞ってありそうだった。

グエンは、両眼の暗視ゴーグルを姉小路に放って遣《よこ》した。

「貴方は良いんですか？」

「私は、裸眼が馴れている。親父さんは元気かね？」

「まだ現役です。北方領土が戻ってくるまでは引退はしないと頑張っています」

「あればかりはなぁ……。上手くいかんものだ」

玄関から反対側。バスルームの真下辺りに来ると、なんと潜望鏡《ペリスコープ》が地上へ伸びていた。まるで要塞のようだ。

「ま、ただの趣味だ」

電源を入れると、暗視モードになる。さらに、壁のモニターの電源を入れると、家の周囲の木々に取り付けた監視カメラの映像が映し出された。暗視ゴーグルを装着したコマンド二人が、アサルトを構えながら家に近付こうとしていた。

老人は、壁に飾ってあったバヨネットを一本、手に取った。

「二〇年前、光君からプレゼントされたバヨネットだ。普段は鹿を捌《さば》く時に使っている。時々、孫が訪ねてくるんでな。この部屋の存在は娘にも秘密なんだ。さあ行こう」

「銃は使わないんですか？」

「それにはおよばないだろう。それに、発砲音が尾根の向こうまで届かないとも限らない」

ラダーが取り付けられた丸いハッチを開けると、

降り積もった雪がドサッと落ちてきた。老人が馴れた素振りで、そのハッチを上がっていく。裸足のままで――。

老人は地上に出ると、姉小路が驚くような素早さで、新雪の上を木陰の中へと消えていった。あっという間に視界から消え去る。

暗視ゴーグルで足跡を拾い、必死で後を付いていく。こっちはピストル一挺持っていないのに無茶だと思った。ロッジを遠巻きに半周して玄関が見えてくると、組み上げた薪の陰に老人が潜んでいた。

敵まで二〇メートル前後。敵は、玄関下の隙間からファイバー・ケーブルを入れて中の様子を探ろうと四苦八苦している様子だった。そんな隙間がありそうには思えなかったが。

バヨネットを右手に持った老人が、中腰で素早く突進し、玄関で膝を屈してケーブルを突っ込もうとしていた男の背後から、首の後ろにバヨネットを突き立てた。

続いて、モニター代わりのスマホを左手に持っていた男と対峙する。相手は驚いて振り向いたが、銃は雪の上に置いてあった。ピストルを抜こうとした右手を老人は易々と捻り上げると、銃口を相手の下半身に当てて引き金を引かせた。

二発。くぐもった音が響く。呻きながら蹲《うずくま》る敵の頭部を抱えると、ひと捻りして命を絶った。

「何事にも想定外はあるものさ。仲間を呼べ。裸にして装備を回収する」

新雪の上に血液が滴り落ちている。目出し帽を脱がせると、二人供東洋系の顔付きだった。

姉小路は、独特の符丁でドアを叩いた。内側からドアが開き、二人出てくる。敵の装備を、ドッグタグからブーツに至るまで回収して部屋の中に入れた。

携帯にウォーキートーキーに、レッドフレアまで持っている。本格的な野戦装備だった。防寒着は冬期迷彩だ。
「さて、アサルトはダットサイト付きＭ４に、ピストルはグロックか。マガジンも十分。これで四挺手に入れた。ここに狙撃手はいるか？」
　由良が手を上げる。
　老人は、暖炉横の一本柱を目一杯力を入れて叩いた。柱が割れ、中からスコープ付きの一挺のライフル銃が出てきた。
「ＰＳＧ‐１だ。君らの部隊が立ち上がった頃に使っていたのもこいつだろう？　私は普段、鹿狩りに使っている。オフシーズンに入った時に、掃除はした。耳を守るためにサプレッサー付き。スコープも調整済みだが、新しくはない。名銃ではあるがな。この状態の銃だと、レンジは三〇〇メートルが良いところだな。それ以上を狙うには腕が要るぞ。その超長距離を狙えるスコープもここにはない。幸い、狙撃や暗殺の依頼は来ないのでな」
　老人は本棚の一番下の段に屈み込むと、分厚いロシア語百科事典を引っ張り出した。その背表紙はただのカムフラージュで、中は引き出し構造になっていた。
　狙撃銃の弾薬と、リボルバーのピストルが二挺入っていた。
「誰か、敵のスノーモービルを回収してこい。二人は近くまでそれで来たはずだ。その間に、お嬢さんに、ロッジの見取り図と敵の配置を教えてもらおう」
　ナターシャにロッジの地図を描いてもらっている間、老人は、兵隊に準備するよう命じた。
「ハイドレーション・パックは置いたままで良いだろう。この作戦が六時間を越えることはない。

その代わりに、今ここで水分補給しておけ」

「音無さんとは、どういうきっかけで……」

　と原田は、恐る恐る聞いた。

「聞きたいか？　お互い、ベトナム戦争世代だ。私は、作戦の合間合間の休暇の度に、日本まで引き揚げた。キャンプ座間や三沢基地で、翻訳の真似事や、語学教師をしていた。日本語のな。私が士官学校で学んだのはロシア語だったが、当時はアメリカ陸軍もまだ日本語教育に熱心だった。なぜだと思う？」

「日本は信頼されてなかったということでしょうね」

「そうだ。敗戦の焼け野原から奇跡の復活を遂げた日本は、やがて核武装し、真の独立を果たすだろうと皆、警戒していた。ＣＩＡは東京で、そこいら中に盗聴器を仕掛け、要人をスパイに囲い込んだ。あのダミ声で新潟弁を喋る総理の言葉を聞き取るのは私も苦労したよ。彼は、知っての通り、排除されたがね。あれがアメリカにとって危険人物だったかどうかは私には疑問だが……。それで、ある日、習志野から音無が訪ねてきた。特殊部隊を立ち上げたいと。ベトナム戦争はもう負けた後だった。私はその頃、三沢でロシアの電波情報傍受に当たっていた。

　音無は、日本版グリーンベレーのようなものをイメージしていたらしい。僻地の村々を回り、公衆衛生を説いて、青空教室で子供達に語学も教える。ベトナム時代の私の所属もグリーンベレーだった。だが、私は日本版グリーンベレーには反対だった。日本はもう海外には出ていかないのだし、陸上自衛隊の兵力で、そんな部隊を抱え込むのも無理だろうと思った。私は、イギリス陸軍の空挺特殊部隊《SAS》のようなものをイメージした。少人数の精鋭部隊だ。その規模なら、空挺団から選抜できる。丁度その頃、米陸軍でもデルタ・フォースが創設されていたが」

「貴方のお名前を一度も聞いたことはないし、もちろん写真もない」

「当たり前だ。私はあくまでもロシア語分析官だ。それに、光君の口の固さは、君らも知っているだろう。しかし、音無も私に明かさなかった秘密があるぞ。なぜあいつは、あんなに自由に動き回り、部隊の装備を調えられるような巨額な裏金を扱えたのか。一度尋ねたことがあったが、それが自分の天命だ……、とはぐらかされた」

　ナターシャをどうすべきか、本人を交えて議論になった。若いから、死にかけた後でも体力は問題ないだろう。ここでじっとしてもらっているのが安全だが、彼女を守るためだけに貴重なコマンドは残せない。

　結局、女性もののスキーウェアはあるということで、同行させることになった。本人もそれを希望した。

　ロッジを出発する直前に、またミライから電話が掛かってきた。ただし、原田が持つ衛星携帯にだった。父親が娘と直接話したいというので、グエンはナターシャに、これから起こることは話さないように、君はここで、老いぼれと一緒に過ごし、夜明け後に救援が到着するまで静かに待つことにしてくれと含ませた。

　父親は、救援が駆けつけるまで、そこを一歩も動くなと繰り返した後、グエンに礼を述べた。

　スピーカーフォンのお喋りを聞いていたが、向こうは、「アヤセ将軍」と呼びかけていた。

　電話が切られると、原田は、「本当のお名前は、ヒーロー・アヤセ中将ですか?」と聞いた。

「いやいや、そうじゃないんだ。光君ら日本人はなぜか私のことをヒーロー・アヤセと呼ぶのだが、名前はヒロフミだ。せめてヒロ・アヤセくらいにしてほしいぞ。英雄《ヒーロー》というほど偉くはないのでな」

　アヤセは、バツの悪い顔で言った。

「失礼をお許し頂きたいのですが、提案としては、将軍に護衛役としてここにご令嬢と残っていただくという作戦もありますが？」

「光君はそんなこと提案してなかったよな？」

「はい。しかし敵は、彼女の話でもまだロッジに四名はいるそうだし、下から増援が上がってきている可能性もあります」

「私がいるべきだろうな。何か齟齬《そご》を来した時、君らは責任を取れないだろう？　日米の外交問題に発展するぞ。私が指揮官として、救出部隊を率いたことにすれば、君らは責任を問われることはない。私が無理強いしたことになるからな。事実そうだが。強面の下院議長に向かって、お宅の総理大臣が、『お孫さんを救えなくて申し訳ない』と土下座せずに済むぞ？」

「わかりました。そうまで仰るなら……」

　敵のウォーキートーキーが何度か呼びかけてきたが、北京語だった。北京語のように聞こえた。だが、北京語訓練を行っている原田らが聞いても、相当に強い訛りの北京語だとわかるだけで、呼びかけている内容まではわからなかった。だいたいは察することができたが。

　敵が乗ってきたスノーモービルは、いざ脱出という時まで隠しておくことにした。エンジン音は相当に煩《うるさ》い。雪が止んだ後では、こちらの居場所を教えることになる。

　コマンド六名、アヤセ、ナターシャの八名は、雪の中をスノーシューで歩いた。何カ所かラッセルになったが、三〇分費やして、尾根を二つ越えた。

ロープを腰に繋いだアヤセが先導したが、原田は呆気にとられるばかりだった。登りのルートでも、全く息を切らすことなく歩いていく。これが真夏の道路でもこの速さで登りきるのは常人ではない。アルピニストのアイガーが、途中で駆け寄ってきて、「ありゃ、山男の体力ですよ！」と告げた。

　そのアイガーの息も切れていた。

　ロッジの灯りを見下ろす稜線まで出て、しばらく状況を観察した。特に、屋外に潜んでいる見張りを発見して観察することが重要だった。

　雪の上に腹ばいになり、暗視ゴーグルや暗視双眼鏡で観察した。

「最近、中露はどうだ？」とアヤセは、原田に聞いた。

「中国は、どこまで行くのか正直、見当も付きませんね。ひたすら肥大化するばかりです。アメリカは、中国の脅威に気付くのが遅すぎたと日本では囁かれています。ロシアはまあ、中国と違って先はなさそうですが……」

「いやいや、プーチンを侮ってはいかんぞ。ロシア人の〝物語《ナラティブ》〟への信仰を、われわれは時々過小評価することがある。いや時々ではないな。大戦のまっただ中からずっとそうだった。ヒットラーがソヴィエトと戦ったために、われわれはたまたま同盟関係になったが、世界があの時代に対峙すべきだったのは、ドイツや日本でもなく、ソヴィエトだったと私は思っている」

「でも、ロシアは民主化したではないですか？」

「君は、日本の民主主義に自信があるかね？」

「よそよりはましだという程度でしか……」

「ロシア人は、資本主義が金儲けの道具だということは知っているが、民主主義が食わせてくれるなんて、これっぽっちも思っちゃいないぞ。自衛隊にとっての正面は、これから南西諸島になるだろうが、背中にも気を付けることだ」

　見張りの姿は見えなかったが、その吐く息を暗視ゴーグルで確認できた。二人が屋外に出ていた。だが警戒しているのは、こちら側ではなく谷側の様子だった。

　その谷側からは、スノーモービルのエンジン音が聞こえてきた。二台が登ってくる。時々、そのヘッドライトが夜空のダストに反射していた。

「ロッジのあちら側は、下からの道があるのですね？」

「道というより、この季節は、スキーコースと言った方が良いだろうな。日本のスキー場でなんとか言っただろう？……」

「林間コースですね」

「そう、それだ。ガードレールはないが、Ｓ字カーブが続く道沿いに赤いテープが張られたポールが立っている。麓に降りるまで、三キロはあるぞ。ここからロッジまで、直滑降で二〇〇メートルか……。狙撃には十分だな」

「あのロッジは、まるでホテルみたいに大きいですが、どうしてこのピークに建てられていないのですか？　ここの方が見晴らせるのに」

　と原田が聞いた。

「風が強い。この辺り一面、何の木も立っていないだろう。地形の関係で、ちょっと風が出ると、この辺りは強風が吹く。別荘の立地には適さない。私としては、ブリザードに紛れて静かに接近したかったのだが、それを待つ余裕はなさそうだ。敵のスキルをどう評価する？」

「プロの傭兵部隊。ひとつの地域からリクルートされて、部隊としての結束は、それで確保されている。しかし、不用心ですね。敵の襲撃に備えるなら、部屋の灯りは全て消すべきです。ああまで明るいと、夜目を失い、部屋の中からは外に立つ見張りの姿も見えない」
「まさか一番近いロッジに、すでに特殊部隊がたどり着いていたなんてことは誰も想定しないだろう。君らが私のロッジに入った後、足跡は消させたしな。もしそれに気付いていれば、この灯りは消えている。だが、下から増援が登ってきたということは、味方の異変に対処していることは事実だ。狙撃手！　窓からこちらを覗いている気配はあるか？」
　とアヤセはニードルに聞いた。
「いえ。全くありません」
「脱走に懲りて、人質は一階のリビングに降ろしたはずだ。作戦を説明しよう。まず、ロッジまで悟られずに四名で辿り着く。狙撃手はここから援護だ。屋外で見張りに立つ二人をまず私が倒す。さらに私が二階の窓から室内に入り、一階へと降りる。襲撃の準備ができたところで、君らは屋外のブレーカー・ボックスを探して、電気を遮断しろ。鍵開けの技術くらいあるよな？」
「しかし、アメリカの鍵を開けられるかどうか……」
「どうせメイドイン・チャイナだ」
「では自分が、将軍にご同行します」
「冗談はよせ。素人はご免だ。君は、光君ほど静かに移動して敵の背後から喉を掻きれるか？」
「そんなスキルはあいにくと……」
「そういうことだ。ノーサンキューだ。私の気が散るから同行は結構だ。ダイヤモンド・カッターはあるな？」
「はい。うちの標準装備です」
「遣せ――。それを標準装備にしろと音無にアドバイスしたのは私だ。何かと便利だ」
　アヤセは、自分が背負っていたザックから薄手のグローブを取り出すと、ザックを原田に預けた。スキーウェアの胸に、バヨネットのホルスターが入っていた。
「銃はお持ちですね？」
「まさか。全部、君らに預けた。刃物で十分だ。ベトナムに出征した時、銃が邪魔で邪魔で仕方なかった。重たいし目立つし。自分の裁量であれこれできるようになってから、私は、銃撃は仲間に委ねるようになった」
「本当に独りでよろしいのですね？　下からの増援も到着して、建物内には最低六名はいるはずです」
「人を年寄り扱いするな。階級に敬意を払え」
「了解です。これ以上は申しません」
「私のザックに、ミニ・アックスが入っている。術《すべ》がなかったら、地中から延びている電線をそれで叩き切れ。私が室内に入ってから九〇秒後に停電だ」
　アヤセは、ニードルとともにその場に残すナターシャに、いくつか短い指示を与えた。狙撃手から離れた場所に潜み、もし狙撃手が殺られたら、しばらく留まった後にここから去り、自分のロッジまで引き返すよう。ただし、ロッジには入らずに、救援部隊が到着するまで、森の中に潜めと命じた。
　アヤセは、ロッジで倒した敵が被っていた黒い目出し帽を被った。暗視ゴーグルを被るアイガーを先頭に、緩やかな斜面を降りていく。幸い、雪崩が起きそうなほどの角度ではなかった。
　ロッジに辿り着くと、まず、外の見張りの制圧に掛かった。スキーブーツを脱いだアヤセが、そよ風のように敵の背後から近寄り、何かの技を使って見張り一人を一瞬で倒した。バヨネットを使ったようには見えなかった。

　ただ、相手は一言も発することなく、その場に悶絶して倒れた。ほんの一〇メートルと離れていない場所に立っていたもう一人が、アサルトを構えながら振り返った瞬間、アヤセは、右手で雪をすくって投げつけ、飛びかかった。今度は、バヨネットを右手に握っていたが、これも一瞬で終わった。

「あの爺さん、いったい何者ですか……」

　待田が呟いた。

「あのお歳で、あの体力と反射神経、次の戦争に備えて訓練しているとしか思えないな」

　アヤセが建物の北側へと戻ってくる。

「お見事です、将軍。現役にも真似できない反射神経だ」

「ああ、孫が走り回るようになったら、相手をして遊ぶために、毎日鍛えている」

　老人の呼吸は全く乱れていない。それも驚きだった。

　二階へのアプローチ・ポイントを探した。吹きだまりで、雪が降り固まっているポイントから、アヤセが、ポケットにバヨネットとダイヤモンド・カッターを忍ばせてするすると二階ベランダへと登っていく。

　原田は、まるで忍者だと思った。その間に、地面に埋められた電線を探し、アイガーがブレーカー・ボックスを探して扉を開いていた。恐らく犯人グループが弄《いじ》ったのだろうが、鍵はすでに壊されていた。

　アヤセも、ダイヤモンド・カッターを使う必要はなかった。北側ベランダの部屋の一カ所で、カーテンが引かれていない窓があり、そこの鍵は外してあった。恐らく犯人グループが、二階からの脱出に備えて、その窓を確保したのだろう。

　アヤセは、持参したサングラスを掛けた。この辺りの標高では、夏も冬も異様に紫外線が強い。サングラスは手放せなかった。階下へと降りる階段は、まるで豪華客船のボール・ルームへと通じているような錯覚を覚えるほど広く、豪華に作られていた。

下からは、北京語の話し声が聞こえてくる。スノーモービルで上がってきたばかりの連中が、装備を解いているところらしかった。

タイマーをセットして測っていた待田が、九〇秒後に電源を落とした。原田にはわからなかったが、一階のリビングでは、兵士らが自分のマグライトを点したはずだ。

建物の両サイドから回り込んだ瞬間、そのマグライトの灯りが、外へと漏れて激しく揺れているのが見えた。だがそれもしばらくして終わった。銃撃はなかった。一発の銃声も聞こえなかった。

ただ、マグライトの何本かが、床を転がるのがわかった。恐らくその度に、敵が一人、また一人と倒されているのだ。

しばらくして、正面の玄関ホールの自動ドアが手動で開かれた。アヤセに抱きかかえられたソニア・ハートが出てきた。

「さあ、もう目を開けて良いぞ！　ソニアさん。原田君、建物の電気を戻す前に、彼女をちょっと綺麗にしてやってくれ、あちこち血を浴びている」

原田は、玄関ホールの椅子に、そのもう一人の人質を座らせると、名乗りを上げ、マグライトで服を確認した。薄着だったが、それなりの量の血を浴びていた。着替えさせた方が良いだろう。

アヤセは一人で外に出ると、さっき倒した見張りのところに近寄った。一人は、ただ気絶しているだけだった。後ろ手に捕縛してから、起こしてやった。

アヤセは、バヨネットで倒したもう一人の味方のところに引きずって転がしてから、いろいろとインタビューしていた。その様子は、新兵訓練所の鬼軍曹のようだった。

上から、ニードルとナターシャが降りてくる。ソニアとの感動の再会があったが、原田はまず、彼女を自室に上げて、服を着替えさせるよう要請した。ナターシャにマグライトを一本手渡した。

その間に、アヤセが倒したリビングの敵兵を外に出す必要があった。マグライトを当てた上で、一人一人バイタルを確認する。

「こいつはまるで……」

と原田が絶句した。

「ええ。まるで司馬さんが暴れ回った後のようだ。こんなの地元警察には見せられない。こっちの味方部隊が綺麗にしてくれるでしょうが、ひとまず外に出しましょう。床の血の海だけでも綺麗にしないと灯りを戻せない」

と待田がため息を漏らした。

アヤセが戻ってくると、「下にまだ二人だ。二人のコマンドが保安官事務所を乗っ取っているらしい」と原田に告げた。

「しばらく灯りは戻すな。伏兵がいないとは限らない。リビングは、少し片付けた方が良いだろうな。外の警戒も怠るな」

「はい、将軍！　お見事でした」

アヤセは、椅子に腰を下ろし、素足に付いた雪を払った。原田が、恭しくタオルを差し出した。

「こんな暗闇で――」

「いやいや、暗闇とは言えない。電気が落ちれば、敵はほぼ全員がマグライトを点して仲間の無事を確認するだろうことはわかっていた。そして私は、敵と同じ目出し帽を被っている。彼らが、起こっていることを理解するまでに全員倒せる自信はあった。君は、本当の暗闇を知っているかね？」
「人生の暗闇なら、垣間見てきたつもりです……」
「そうか……。だが今は克服し、明かりが差す道を歩いているのだな？」
「そうであってほしいです」
「ナターシャさんを呼んで来てくれ。ちょっと話がある。彼女に父親への電話を入れさせないと。ソニアさんの方も、今頃、ご家族はパニックのはずだ」
「お嬢様にご連絡は？」
「ミライにか？　それはやめておこう。私は自宅で人質を守って今頃うたた寝していることになっている」
　ナターシャとソニアに玄関ホールに降りてきてもらった。それぞれのスマホで、親に電話を掛けさせた。
　ナターシャは、しばらく父親と激しくやり合っている感じだった。
　途中から、アヤセがその電話を替わった。
「ニーソン長官、私はもう現役ではないから、言いたいことを言わせてもらうが。これは貴方の責任ではないことも承知している。だが、武衛東が乗った機体に離陸許可を出すべきだ。二人は救出された。巻き添えで何人か死んだだろうが、その罪を追及することに意味はない。われわれが、武衛東に不義理したことは事実だ。結果として彼は、一人娘を失った。それはわれわれの責任だ。彼がアメリカを出たところで自由になるわけではない。北京政府は、しつこく彼を追い、いつか暗殺に成功するだろう。それで、この世界のバランスは保たれる」
　外からアイガーが入ってきた。
「風が少し出てきた。たぶん、また降り始める

――」

　アヤセは、人質にまた二階に戻るよう促すと、ロッジの外へと出た。風向きも変わっている感じがした。原田も外に出た。眼下には、つづら折りの山道があるはずだったが、真っ暗闇の井戸を覗き込むような感じだった。まるで吸い込まれそうな底なしの闇が拡がっていた。

「夜明け時は、またブリザードだな……。その前に、ここを降りて、保安官事務所を奪還しなきゃならない。付き合うか？」

「もちろんです。貴方には、その必要もなさそうですが……」

「いやいや、仲間がいつも背後にいてくれる安心感があるから、兵士《バディ》は危険を冒せるのだ。アメリカにとっての戦友は今、日本だ。アメリカは今もどこかで戦っているが、世界にとっては、今はまだつかの間の平和だな。一日も長く続くことを祈りたいが、何事にも永遠はない。われわれに安眠できる夜は来ないぞ」

「はい、われわれにとっての大事な戒めです」

「君らの動作を観察していたが、一分の無駄も隙もない。音無は良い部隊を育てた。君らがこの後もずっと黒子の存在であり続けることを願うよ」

「機会があったら、あの人にお伝えします」

「わたしゃ、引っ越さなきゃならん。これで、あちこちに居場所がばれた。娘も、不便でならんと文句ばかり言うしな。次は、道路沿いの、普通のロッジに引っ越すことにするよ……」

　互いの表情は読めなかった。だが、原田は、この老人が、アメリカはもとより日本の安全保障に関しても、とてつもない貢献をしたのだろうと思った。

　今夜、自分らがここにいたのは、単なる偶然だろうか？　それとも何かの運命だったのだろうか。

こんな人里離れた山奥まで引っ込んでも、彼にはたぶん、孫と過ごす平和な隠居生活など永遠に無理なのだろう。

生き残った唯一の敵兵は、ロープで簀巻きにして物置に閉じ込めた。死体は、外の雪面に並べた。

そして原田は、スノーモービルをかき集め、救出した二人のアメリカ人女性とともにロッジを出発した。夜明けが近づいていたが、山道はまだライトが必要だった。

〈「オメガと呼ばれた男」終わり〉

手元のファイルの日付けを確認すると、この短編を書き始めたのは、二〇一六年の八月のことだったらしい。その時点で、原稿は七割方片付いていたのだが、その後、長編が忙しくなって、筆は途中で止まったままだった。

現在のシリーズで、アスペンが出てくるのは、実はこの短編が下地としてある。これを完成しないことには、読者の皆様に申し訳ないので、ここにお届けすることにした。

台湾地図

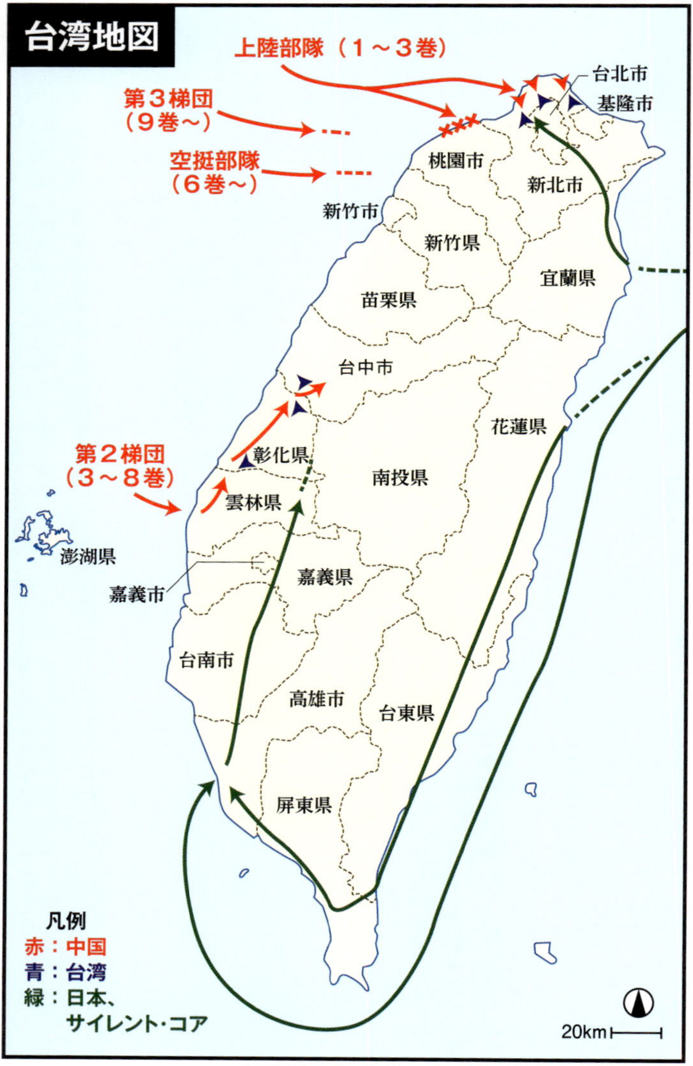
上陸部隊（1～3巻）
台北市
基隆市
第３梯団
（９巻～）
空挺部隊
（６巻～）
桃園市
新北市
新竹市
新竹県
宜蘭県
苗栗県
台中市
花蓮県
第２梯団
（３～８巻）
彰化県
南投県
雲林県
澎湖県
嘉義市
嘉義県
台南市
高雄市
台東県
屏東県
凡例
赤：中国
青：台湾
緑：日本、
サイレント・コア
20km

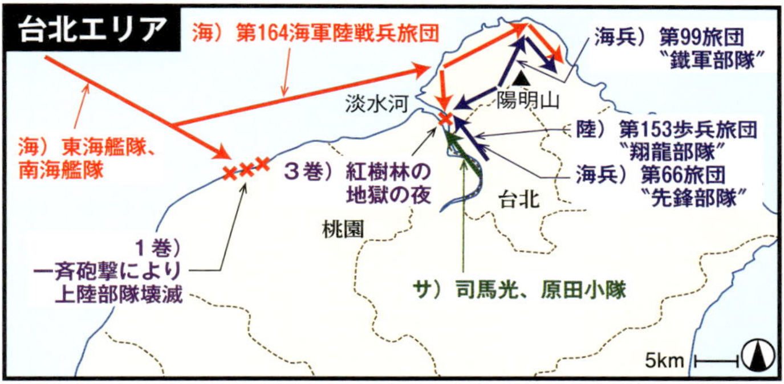
台北エリア
海）第164海軍陸戦兵旅団
海兵）第99旅団
〝鐵軍部隊〟
淡水河
陽明山
陸）第153歩兵旅団
〝翔龍部隊〟
海）東海艦隊、
南海艦隊
3巻）紅樹林の
地獄の夜
海兵）第66旅団
〝先鋒部隊〟
台北
桃園
1巻）
一斉砲撃により
上陸部隊壊滅
サ）司馬光、原田小隊
5km

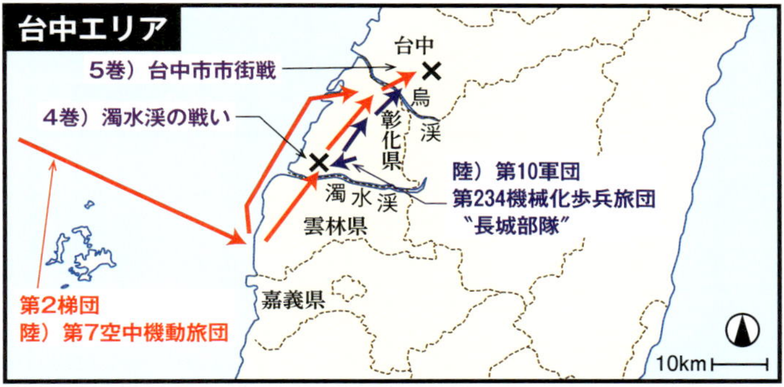
台中エリア
台中
5巻）台中市市街戦
烏
渓
4巻）濁水渓の戦い
彰
化
県
陸）第10軍団
第234機械化歩兵旅団
〝長城部隊〟
濁 水 渓
雲林県
嘉義県
第2梯団
陸）第7空中機動旅団
10km

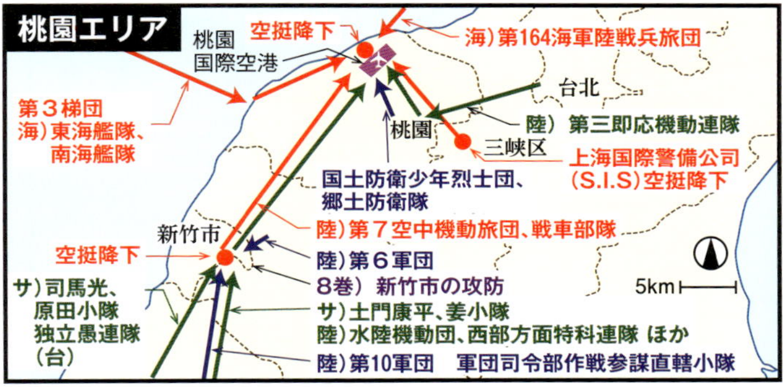
桃園エリア
空挺降下
桃園
国際空港
海）第164海軍陸戦兵旅団
台北
第３梯団
海）東海艦隊、
南海艦隊
陸）第三即応機動連隊
桃園
三峡区
上海国際警備公司
（S.I.S）空挺降下
国土防衛少年烈士団、
郷土防衛隊
陸）第７空中機動旅団、戦車部隊
新竹市
空挺降下
陸）第６軍団
8巻）新竹市の攻防
5km
サ）司馬光、
原田小隊
独立愚連隊
（台）
サ）土門康平、姜小隊
陸）水陸機動団、西部方面特科連隊 ほか
陸）第10軍団　軍団司令部作戦参謀直轄小隊

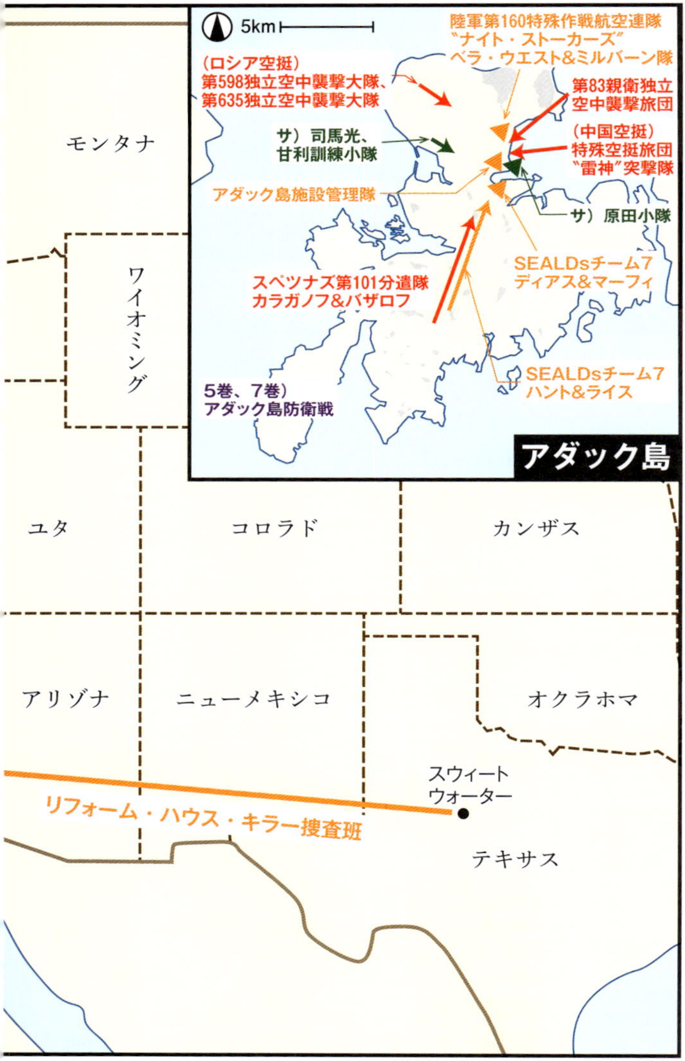
5km
陸軍第160特殊作戦航空連隊
“ナイト・ストーカーズ”
ベラ・ウエスト&ミルバーン隊
（ロシア空挺）
第598独立空中襲撃大隊、
第635独立空中襲撃大隊
第83親衛独立
空中襲撃旅団
サ）司馬光、
甘利訓練小隊
（中国空挺）
特殊空挺旅団
“雷神”突撃隊
アダック島施設管理隊
サ）原田小隊
SEALDsチーム7
ディアス&マーフィ
スペツナズ第101分遣隊
カラガノフ&バザロフ
SEALDsチーム7
ハント&ライス
5巻、7巻）
アダック島防衛戦
アダック島
モンタナ
ワイオミング
ユタ
コロラド
カンザス
アリゾナ
ニューメキシコ
オクラホマ
スウィート
ウォーター
リフォーム・ハウス・キラー捜査班
テキサス

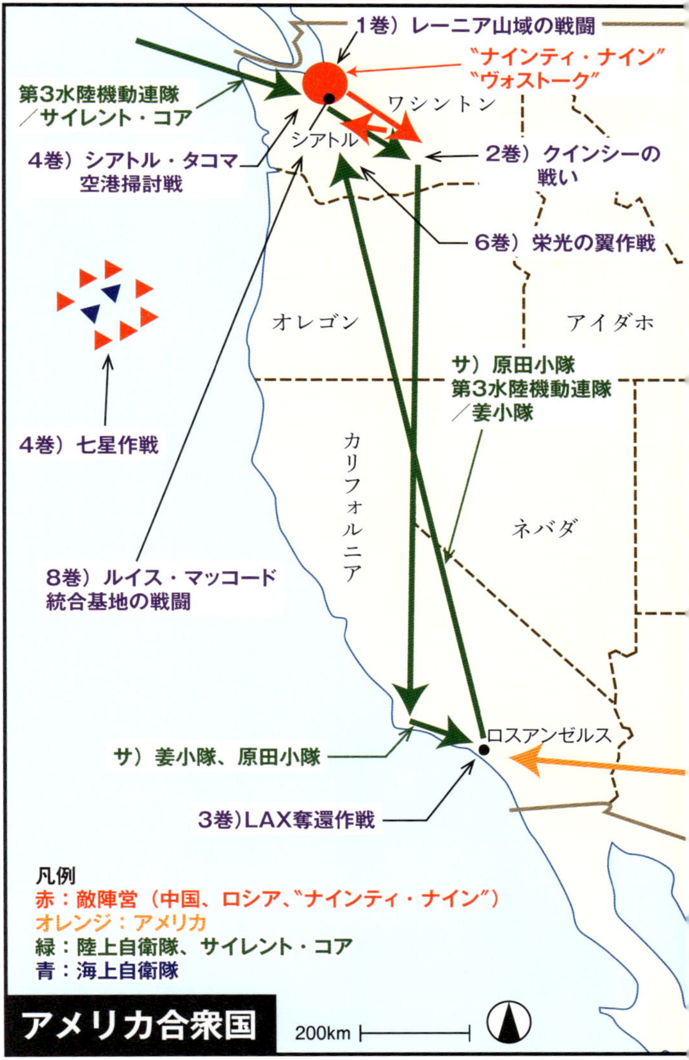
1巻）レーニア山域の戦闘
“ナインティ・ナイン”
“ヴォストーク”
第3水陸機動連隊
／サイレント・コア
ワシントン
シアトル
4巻）シアトル・タコマ
空港掃討戦
2巻）クインシーの
戦い
6巻）栄光の翼作戦
オレゴン
アイダホ
サ）原田小隊
第3水陸機動連隊
／姜小隊
4巻）七星作戦
カリフォルニア
ネバダ
8巻）ルイス・マッコード
統合基地の戦闘
ロスアンゼルス
サ）姜小隊、原田小隊
3巻）LAX奪還作戦
凡例
赤：敵陣営（中国、ロシア、“ナインティ・ナイン”）
オレンジ：アメリカ
緑：陸上自衛隊、サイレント・コア
青：海上自衛隊
アメリカ合衆国
200km

大石英司
Eiji Oishi

某大学学園祭で

サイレント・コア・ガイドブックのまさかの二巻目が出た。このシリーズも長く続いているものであるが、お付き合い下さる読者の皆様にまず感謝であるし、もちろん、長年に渡ってイラストを担当して下さる安田さんはもとより、これも長年関わっている、多くの裏方さんスタッフの功績でもあることをここに感謝するものです。

あとがき

本シリーズのイラストを長年担当させていただけていることは、大きな喜びです。本書ではこれまでのシリーズを振り返りつつ、新たな描き起こしも含め400点以上のイラストを収録しました。物語の登場人物や装備類を描くとき、その魅力を表現することにワクワクする高揚感があります。その機会をくださった大石先生、担当編集の方々、そして読者の皆さまに、深く感謝します。本書がシリーズを楽しむ一助となれば幸いです。

自画像です

安田忠幸
Tadayuki Yasuda

ご感想・ご意見は
下記中央公論新社住所、または
e-mail：cnovels@chuko.co.jpまで
お送りください。

C★NOVELS

サイレント・コア ガイドブック
――兵器篇《へいきへん》

2025年1月25日　初版発行

著　者　大石《おおいし》英司《えいじ》
画　　　安田《やすだ》忠幸《ただゆき》
発行者　安部順一
発行所　中央公論新社
〒100-8152　東京都千代田区大手町1-7-1
電話　販売 03-5299-1730　編集 03-5299-1930
URL https://www.chuko.co.jp/

ＤＴＰ　平面惑星
印　刷　大熊整美堂
製　本　小泉製本

Published by CHUOKORON-SHINSHA, INC.
Printed in Japan　ISBN978-4-12-501491-3 C0293